CORINNA WIEJA

# Herzenssachen

## Sternenzelt & Sommerträume

WEITERE TITEL DER AUTORIN:

Herzfunkeln & Winterträume

CORINNA WIEJA

# HERZENSSACHEN

## Sternenzelt & Sommerträume

mit Illustrationen von

LAURA ROSENDORFER

one

Die Bastei Lübbe AG verfolgt eine nachhaltige Buchproduktion.
Wir verwenden Papiere aus nachhaltiger Forstwirtschaft und verzichten darauf, Bücher einzeln in Folie zu verpacken. Wir stellen unsere Bücher in Deutschland und Europa (EU) her und arbeiten mit den Druckereien kontinuierlich an einer positiven Ökobilanz.

FSC
www.fsc.org
MIX
Papier | Fördert gute Waldnutzung
FSC® C109273

Originalausgabe

Dieser Titel ist auch als Hörbuch erschienen

Corinna Wieja & Laura Rosendorfer werden vertreten
von der Agentur Christine Härle



Lektorat: Katharina Runden
Umschlaggestaltung: Laura Rosendorfer
Umschlagmotiv und Innenillustrationen: Laura Rosendorfer
Satz: Laura Rosendorfer
Gesetzt aus der Dolly Pro
Druck und Einband: DRUK-INTRO SA

Printed in Poland
ISBN 978-3-8466-0174-7

5 4 3 2 1

Sie finden uns im Internet unter one-verlag.de
Bitte beachten Sie auch luebbe.de

Für Isabel, Robin und Jo –
die Sterne in meinem Leben.

C. W.

Für meine beiden Abenteurerinnen –
Ophelia und Nova.

L. R.

*Et voilà –*

# DAS BIN ICH!

WER BIST *du*? WAS MACHT *dich* AUS? HIER HAST DU PLATZ, DIE WICHTIGSTEN *Facts* ÜBER DICH ZU NOTIEREN.

AUSGEFÜLLT AM 28.7.2023

NAME/SPITZNAME FELICITAS / FEE

GEBOREN AM, IN 29.9., FRANKFURT

STERNZEICHEN/SEELENTIER WAAGE

AUGENFARBE DUNKELBRAUN

HOME BASE MEIN ZIMMER

WENN ICH EIN TIER WÄRE, WÄRE ICH EIN WOMBAT – FLAUSCHIG + EIN BISSCHEN VERFRESSEN ☺

*-mensch(en)* MEINE FAMILIE, MERLE UND...

*-song* ♪ THIS is me ♫ ♪

*-film* UNSER PLANET

*-buch* NUR EINS ???

LIEBLINGSESSEN PFANNKUCHEN + CAMPFIRE CONES

LIEBLINGSGETRÄNK KAKAO

LIEBLINGSSPORT ÖHM, NEE. OKAY, SCHWIMMEN?

LIEBLINGSSPRUCH FREUNDE SIND DAS SALZ IN DER SUPPE DES LEBENS.

(aus Filmen, Songs, Büchern oder dem echten Leben)

## Sehnsuchtsorte Frankreich

DARAUF *freue* ICH MICH IN DEN FERIEN AM MEISTEN NATUR PUR!

MIT WELCHEM *Promi* ODER WELCHER HISTORISCHEN PERSON ICH MAL VERREISEN MÖCHTE MARIA SYBILLA MERIAN

DIESE DINGE MÜSSEN *unbedingt* MIT, WENN ICH IN DEN URLAUB FAHRE 1 BUCH (ODER 2 ODER 3), MEIN KUSCHELHASE, EIN UNENDLICHER VORRAT SAURE APFELRINGE

DAS MACHE ICH, UM ZU ENTSPANNEN LESEN, SCHWIMMEN

DEIN *Herz* IST DER *Kompass* DEINES *Lebens*!

*Salut!*

Freust du dich auf die Ferien? Ich eigentlich nicht, denn meistens sind meine Freundinnen und Freunde dann weg. Und weil meine Familie selten in den Urlaub fährt, sind die Ferien für mich deshalb oft echt langweilig. Aber dieses Mal ist das anders, denn ich habe eine ganz besondere Reise spendiert bekommen! Und ich bin ganz schön aufgeregt, weil ich zum ersten Mal allein unterwegs bin, ohne Familie. Zum Glück ist meine Freundin Merle mit von der Partie!

Eigentlich gehörte der Platz Anna, Merles Schwester, aber die ist krank geworden. Und damit das Ticket nicht verfällt, hat Merle mich gefragt, ob ich sie begleiten will. Klar, will ich! Die Reise wird vom Naturschutzbund extra für eine kleine Jugendgruppe organisiert und geht in unsere Partnerstadt – nach Frooonkreisch. Work, Travel and Fun – so lautet das Motto. Das heißt im Klartext: Wir helfen der Partnerorganisation bei der Pflege eines Naturparks und erleben dafür Natur pur und Abenteuer. Lagerfeueratmosphäre, Kanutouren und Survival-Tipps inklusive.

Allerdings war es trotzdem schwierig, meine Eltern davon zu überzeugen, dass ich mitfahren darf. Sie lassen sich nämlich nicht gern was schenken. Zum Glück hat mir Omi geholfen. Sie meinte, dass so ein Survival-Naturschutz-Camp im Ausland doch ideal sei, um etwas abenteuerlicher zu werden und ganz nebenbei meine Sprachkenntnisse zu verbessern – und damit auch meine Französischnote. Die ist nämlich etwas … dessous de terrestre. Das ist deuzösisch und bedeutet unterirdisch.

Und so bin ich in Frankreich gelandet. Mitten im Wald.

Und das Abenteuer nimmt seinen Lauf …

**LOS GEHT'S!**

## Erst lesen und lachen, dann scribbeln und machen

→ Im Anschluss an meinen Reisebericht findest du ein Journal – mit coolen Seiten zum Selbstgestalten, witzigen Persönlichkeitstests, Reisetipps (mit Nachhaltigkeitsfaktor!), tollen DIY-Ideen, Fun-Facts, Achtsamkeitsübungen, Lieblingsrezepten und Challenges … damit dieses Buch zu deinem ganz persönlichen Erlebnis- und Erinnerungsbuch werden kann! Viel Spaß beim Lesen und Ausprobieren wünscht dir

Deine Fee ♡

PS: Ganz egal, ob du verreist oder zu Hause bleibst – koste dein Leben aus und gönn dir Erlebnisse, Lachen und schöne Sternschnuppenmomente. Das hast du dir verdient!

# EIN ESEL ZUR BEGRÜẞUNG

*»Natur ist gefährlich. Man kann zum Stechmücken-Magneten mutieren. Sich dank Sonnenbrand wie ´ne aufgeplatzte Wurst pellen. Von einem Esel von den Füßen gerissen werden. Oder im Feuerwerk der Sternschnuppen sein Herz verlieren.«*

– FEE

»Wir sind da!«, brüllt Alex, der Betreuer unserer Jugendgruppe, unnötigerweise durch den Mini-Bus. Er steht vorne im Gang. Mit seinen schulterlangen Haaren und dem Bart wirkt er fast ein wenig wie aus einem Mittelalterfilm. Dabei ist er höchstens sechs oder sieben Jahre älter als wir, also ungefähr Anfang zwanzig. »Achtet darauf, nichts im Bus liegen zu lassen. Was weg ist, ist weg.« Er gibt dem Busfahrer ein Zeichen.

Die Türen öffnen sich schnaufend, und ich krame hastig meine Sachen zusammen. Mindestens ebenso neugierig wie müde steige ich hinter meiner Freundin Merle ins Freie. Wärme schlägt mir ins Gesicht. »Wahnsinn, ist das grün hier! Ich glaub, so viel Natur habe ich noch nie auf einen Haufen gesehen.«

Ich hopse von der Stufe und wedele einen großen Brummer zur Seite, der vor meiner Nase herumschwirrt. Der Mini-Bus hat uns auf einem Parkplatz mitten im französischen Nirgendwo ausgespuckt. Unauffällig dehne ich mich. Die Fahrt war lang, und mein Rücken knarzt wie ein rostiges Scharnier.

»Herrlich, nicht wahr?« Merle bindet sich rasch den blonden Pferdeschwanz zum Dutt. »Jetzt sind wir offiziell im Urlaub.« Sie macht einen kleinen Tanz-Move, und die Sommersprossen auf ihrer Nase tanzen mit.

Ich lasse den Blick schweifen. Das Gelände ist wirklich atemberaubend schön. Auf dem großen Holzbogen, der das Areal des Campingplatzes im Nationalpark Cevennen kennzeichnet, steht in weißer Schnörkelschrift *Bienvenue*. Dahinter erstreckt sich Wald. Ein mit Steinen begrenzter Trampelpfad schlängelt sich zwischen den hohen Bäumen hindurch. In der Ferne ragen zerklüftete Felswände auf. Über uns rascheln Blätter, und ganz in der Nähe rauscht ein Fluss. Ein holziger Duft strömt mir in die Nase, und sofort breitet sich ein zufriedenes Lächeln auf meinem Gesicht aus. Genüsslich schließe ich die Augen und fühle mich sofort entspannt. Bis Merle mich rüttelt.

»He! Nicht im Stehen einschlafen, sonst hängen uns die anderen noch ab.« Sie deutet zu den Gepäckfächern des Busses, vor denen sich eine kleine Traube gebildet hat. Schnell gesellen Merle und ich uns dazu.

Sandra, die zweite Begleitung unserer bunt zusammengewürfelten Truppe, rempelt mich an, als sie ihren großen Wanderrucksack in

Empfang nimmt. »Oh, entschuldige«, sagt sie. »Fee, nicht wahr?« Sie zieht die Schultern hoch. »Ich kann mir Namen so schlecht merken.«

»Ja, stimmt.« Ich lächle. »Geht mir genauso.« Wenn ich nicht irgendein Merkmal mit den Leuten verknüpfen kann, habe ich Schwierigkeiten, die Namen den Gesichtern zuzuordnen. Deshalb habe ich auch ein bisschen Bammel, wie das hier für mich laufen wird. Außer Merle kenne ich niemanden von den anderen. Zum Glück ist die Gruppe nicht groß, nur zehn Leute. Und Sandra macht mir das Wiedererkennen leicht: Sie trägt eine grüne Brille und die Haare zu zwei langen Zöpfen geflochten. Über ihre rechte Wange zieht sich ein ovales Muttermal. Das speichere ich in meinem Kopf ab.

Während der Bus hupend vom Parkplatz fährt, folgen wir den anderen den Trampelpfad hinauf. Der Weg ist schmal, und wir müssen hintereinandergehen. Begleitet von lautem Grillenzirpen stapfen wir bergauf durch die harzig duftende Wildnis. Hier und da ragt ein grauer Fels aus dem Grün, schwarz-weiße Schmetterlinge tanzen vor meiner Nase, und mein Herz schlägt schneller, als vor mir eine grüne Eidechse über den Weg huscht und laut raschelnd im Dickicht verschwindet. »Oh, wie süß!«, rufe ich, gebannt von der Schönheit der Natur. Ich liebe Tiere und hoffe, hier noch viele weitere zu sehen. Angeblich gibt es im Nationalpark Biber, Otter und sogar Schildkröten. Zumindest habe ich das im Internet gelesen.

Merle dreht sich um und schaut an mir vorbei zu dem Jungen, der hinter mir läuft. »Ja, nicht wahr? Wir werden in den nächsten drei Wochen sicher jede Menge Spaß haben.« Sie grinst breit.

Ich hab das Gefühl, dass sie etwas anderes meint als ich, aber ich stimme zu. »Ja, auf jeden Fall!«

Mein Rollkoffer rattert über Stock und Stein, während wir an hohen Bäumen vorbeilaufen, die links und rechts wie Wächter am Rand des Weges stehen. Sehnsüchtig fällt mein Blick auf den Wanderrucksack, den Merle lässig auf dem Rücken trägt. So einer wäre definitiv praktischer gewesen. Tja, nur besitze ich keinen so großen Rucksack, in den alles, was ich brauche, hineingepasst hätte. Dafür habe ich Papas alten abgeschabten Rollkoffer, den vermutlich nur die vielen Aufkleber aus längst vergangenen Zeiten noch zusammenhalten. Dass ich keine Campingerfahrung habe, ist mir dadurch leider deutlich anzusehen.

Verflixt! Der Koffer rutscht mir auf dem unebenen Pfad zur Seite, und ich hänge fest. Die Rollen haben sich zwischen den knorrigen Ausläufern einer Wurzel verfangen, die über den Weg ragt. Während ich mich mit dem Koffer abmühe, umschifft mich der Rest der Gruppe wie den Felsen in der Brandung und zieht leichtfüßig an mir vorbei. Merle bekommt von meiner Misere nichts mit. Sie ist inzwischen schon vier Leute vor mir und unterhält sich angeregt mit ihrer Vorderfrau.

»Warte, ich helfe dir!« Ein Junge mit schwarzen kurzen Haaren bleibt bei mir stehen. Er bückt sich neben mich. Gemeinsam ziehen und pfriemeln wir, bis die Wurzel die Rolle endlich freigibt.

»Hey, ich bin Koray.« Er streckt mir die Hand hin. »Wenn du willst, trag ich dir den Koffer.«

»Fee«, stammele ich und schüttle unbeholfen seine Hand. Dabei scanne ich sein Gesicht, um mir Anhaltspunkte zu suchen. Grübchen beim Lächeln, blaues Cap, schwarzer Ohrring im rechten Ohr. Wir stehen voreinander und schweigen uns an. So geht es mir leider oft. In Gesprächen mit neuen Bekanntschaften weiß ich häufig nicht, was ich sagen soll. Gedanken kreiseln mir durch den Kopf, und ich versuche schnell, einen von Merles Flirt-Survival-Tipps zu fassen zu bekommen: Mach einen Witz, stell eine Frage.

»Also?«, hakt Koray nach.

Ups, stimmt. Er wartet ja noch auf eine Antwort. Uff, und ich stehe hier wie eine Statue und starre ihn an. Er muss mich ja für total merkwürdig halten. »Danke für die Hilfe!«, sage ich verlegen. »Ab jetzt komme ich wieder alleine klar.« Wie peinlich, wenn ich mir gleich zu Anfang schon helfen lasse.

»Wie du willst.« Koray zuckt mit den Schultern und läuft weiter. Mit gemischten Gefühlen schaue ich ihm hinterher. Ein glatter Start sieht sicher anders aus.

Nach etwa zwei weiteren Minuten Fußmarsch steuern wir auf eine Lichtung zu, an deren Rand sich zwei sandsteingelbe Gebäude erheben. Seitlich davon erstreckt sich, von Bäumen beschattet, eine geflieste Terrasse, auf der mehrere Tische stehen. Daran schließt sich ein kleiner Laden an. Über der Holztür des zweiten Hauses steht in großen weißen Buchstaben *Réception*. Neben der Treppe, die zu den Gebäuden hinaufführt, steht ein Trog, in dem lila Lavendel blüht und seinen starken Duft verströmt. Überall summt und brummt es.

»Endlich!« Ich lasse meinen Koffer mitten auf dem Weg stehen und setze mich schnaufend auf die Stufen. Die anderen folgen Alex und Sandra bereits die Treppe hinauf.

Merle dreht sich zu mir um. »Kommst du?«

»Geh schon mal vor. Ich brauche nur 'ne Sekunde.«

»Okay.« Sie winkt und plaudert dabei weiter mit dem Mädchen aus dem Bus. Hanna? Oder Sofie? Ich bin mir nicht sicher, aber ich wünsche mir mal wieder, dass ich ebenso leicht neue Freundschaften knüpfen könnte wie meine allerbeste Freundin.

Seufzend stehe ich auf und bücke mich nach meinem Koffer, da höre ich ein rostig klingendes »I-aaah«.

»Achtung!«, brüllt jemand von hinten. »Äh, ich meine *Attention! Tiens-le* den Esel! Also, ähh, halte den Esel auf!«

Die merkwürdige Mischung aus Deutsch und Französisch weckt meine Aufmerksamkeit. Ich drehe mich um und sehe einen Jungen – vielleicht fünfzehn oder sechzehn, mit blonden Wuschelhaaren –, der auf einem Roller auf mich zuschießt. Das vordere Rad ist so groß wie bei einem Mountain Bike, das hintere etwas kleiner. Ein Esel galoppiert vor ihm davon.

Mit einem beherzten Sprung hechte ich zur Seite, damit das Tier mich nicht über den Haufen rennt. Es läuft mit wippenden Ohren weiter, während der Typ auf dem Roller volle Kanne in meinen Koffer semmelt und sich langlegt. Halt suchend greift er nach meinem Arm und reißt mich mit sich zu Boden. Kiesel spritzen auf und regnen auf mich nieder.

Der Esel bleibt stehen, dreht sich um, und ich schwöre, er fletscht die Zähne zu einem schadenfrohen Grinsen.

»Hey, geht's noch?« Wütend funkele ich den Jungen an, während ich von ihm runterklettere.

»Warum hast du sie nicht aufgehalten?«, fragt er, zum Glück auf Deutsch. Er schiebt sich eine Strähne seiner blonden Haare hinters Ohr.

»Ich war zu sehr mit Ausweichen beschäftigt. Hat allerdings nicht so viel gebracht, wie man sieht.« Genervt klopfe ich mir den Staub von den Klamotten.

»Entschuldige.« Der Typ blickt mich zerknirscht an. Die schwarze Sonnenbrille auf seinem Kopf rutscht ihm auf die Nase. »Hast du dir wehgetan?«

»Nein, geht schon.« Ich beiße die Zähne zusammen. »Und du?«

»Ach, ich bin hart im Nehmen. Und im Fallen. Ich bin übrigens Eric«, stellt er sich vor.

»Fee«, erwidere ich. Mein Scanner-Blick erfasst die große Uhr an Erics linkem und das Lederarmband um sein rechtes Handgelenk. Letzteres besteht aus drei Schnüren, dicken silbernen Perlen und einem blauen Medaillon mit Sternen. Seinen Namen würde ich mir leicht merken können, denn er heißt wie der Disney-Prinz aus ›Arielle‹. Ich beiße mir auf die Lippe, um nicht loszuprusten.

Der Esel wiehert und wackelt mit den Ohren. »Ja, ich stell dich vor. Das ist Stella Polaris, benannt nach dem Polarstern«, erklärt Eric. »Ich war beim Ställeausmisten. Dabei ist sie mir ausgebüxt.«

»Der Esel heißt wie der Stern?«, frage ich überrascht. Stella kommt anmarschiert und beschnuppert mich. Vorsichtig streichle ich ihr über die Nase. Es fühlt sich samtig weich an.

»Ja, genau. Alle unsere Esel sind nach Sternen benannt.« Eric senkt den Kopf. »Ich bin ... hm ... also ich interessiere mich für Astronomie. Unter anderem.«

»Ach, echt?«, frage ich. »Außer den Tierkreiszeichen weiß ich recht wenig darüber.«

»Das ist Astrologie. Horoskope. Ich meine aber Astronomie, wie Sternenkunde. Wobei es die Tierkreiszeichen natürlich auch als Sternbilder am Himmel gibt.«

»Ja, klar. Ich kenne den Unterschied«, erwidere ich schnell. Mein Blick schweift zu Stella, die am Lavendel knabbert.

»Sicher.« Eric fährt sich verlegen durch die Haare. »Die meisten finden es langweilig, stundenlang in den Himmel zu starren. Ich finde es ... entspannend.«

Stella Polaris ist entweder satt oder findet unser Gespräch fade, denn sie läuft weiter und verschwindet hinter einem Strauch.

»Oh, tja. Ich glaube, ich sollte dann wohl mal besser ...«, meint Eric. Er schnappt sich seinen Roller und fährt dem Esel hinterher.

»Ja, ich auch«, sage ich gedankenverloren. Ich glaube, ich habe noch nie so ein langes Gespräch mit einem mir völlig fremden Menschen geführt. Ich drehe mich um und pralle in Merle.

»Hey, wo bleibst du denn?« Sie reckt den Hals. »Und wer war das?«

»Eric«, antworte ich und schüttele den Kopf. »Offenbar ist er hier

Tierpfleger. Außerdem hat er einen Astronomie-Tick und hat einen Esel nach einem Stern benannt.« Ich muss grinsen.

»Awww. Wie süß! Und ein Lächeln hat er dir auch noch ins Gesicht gezaubert.«

Oh-oh! In Merles Augen glitzert dieses Funkeln, das nichts Gutes verheißt. »Und du hast mit ihm geredet. Mehr als zwei Sätze.« Sie pikst mich mit dem Zeigefinger in die Seite und wackelt mit den Augenbrauen. »Wir machen Fortschritte beim Neue-Bekanntschaften-Knüpfen. Das sollten wir ausnutzen. Welches Land eignet sich besser für einen Sommerflirt als das Land der Liebe – Frankreich.«

Ich rempele sie an. »Hey, lass uns mal nicht gleich übertreiben. Außerdem brauche ich keinen Jungen zum Glücklichsein, und ein Sommerflirt kommt für mich nicht in die Tüte. Ich bin bloß hier, um Wege in Ordnung zu bringen und Tiere zu zählen.« Das gehört zu den Aufgaben, die wir hier leisten wollen.

Merle mustert mich kritisch, dabei zieht sie die Nase hoch wie ein Häschen.

»Und natürlich, um ganz viel Spaß mit dir zu haben!«, ergänze ich schnell.

Merle setzt gerade zu einer Erwiderung an, aber Sandra kommt ihr zuvor.

»Alle sammeln, bitte!«, ruft sie.

Meine Rettung!

Ich lasse meine Freundin stehen und geselle mich zu den anderen.

Sandra notiert sich, wer mit wem zelten wird, und Alex verteilt wetterfeste Beutel, in denen sich die Zelte befinden. Nachdem er uns noch die Nummern unserer Zeltplätze und einen Camp-Plan in die Hand gedrückt hat, setzen wir uns in Bewegung.

»Immer den Ohren nach, zum Fluss«, erklärt Alex. »Wir treffen uns in einer Stunde zum Abendessen vor dem Haupthaus.« Er deutet zu der Terrasse mit den Tischen seitlich des Gebäudes. Jetzt erkenne ich auch, dass sich dort eine Art Grillplatz befindet.

»Gebt Bescheid, falls ihr Hilfe braucht«, ergänzt Sandra.

Merle hakt sich bei mir ein. Als wir weitergehen, sagt sie: »Okay, du hast recht. Lass uns einen prima Freundinnen-Sommer erleben. Das wird das grandioseste Abenteuer unseres Lebens!«

# FLIEGENDE ZELTE

*»Gelegenheiten sind zum Ergreifen da.«*

– MERLE

Mit dem Plan in der Hand laufen Merle und ich hinunter zum Fluss. Hier weht eine leichte Brise.

»Wow!«, staune ich. Wie von einem Magneten angezogen, heftet sich mein Blick auf das Wasser. Es funkelt smaragdgrün im Sonnenlicht. Sanft plätschern die Wellen ans Ufer, an dem weiße Graswedel in die Höhe ragen. Zwei Enten tauchen nach Futter. Einige Leute plantschen herum. Am liebsten würde ich mich gleich in die Fluten stürzen und eine Runde mit ihnen schwimmen.

»Oh, schau mal, Paddleboards! Das müssen wir unbedingt ausprobieren.« Merle deutet auf ein paar bunte Schwimmbretter, die auf dem breiten Kiesstrand liegen. Aus einer Hütte, die als Bootsverleih gekennzeichnet ist, ragen Kanus.

»Meinst du, dafür haben wir überhaupt Zeit?« Ich ziehe skeptisch die Augenbrauen hoch.

»Klar!«, meint Merle zuversichtlich. »Die Nachmittage haben wir frei.«

»Ja, aber vermutlich sind wir platt wie Flundern, wenn wir nach der Arbeit in unser heimeliges Zelt zurückkommen.« Ich wische mir eine Haarsträhne aus dem Gesicht.

»Aber ich hab mir extra für die Ferien eine neue Sonnenbrille gekauft, die muss ich doch einweihen.« Merle holt ihre Errungenschaft aus der Tasche und setzt sie auf. »Na, wie findest du sie?« Die Strasssteinchen auf dem Rahmen glitzern mit dem Wasser um die Wette.

»Schick. Du kannst sie ja bei der Arbeit tragen. Die Enten werden geblendet in Schockstarre verfallen, wenn du sie damit begrüßt.«

Merle schenkt mir einen vernichtenden Blick. »Du hast wirklich null Sinn für Mode, du Banausin, und überhaupt kein Taktgefühl! Kaum zu glauben, dass ich bereitwillig mit dir ein Zelt teile.« Sie verdreht theatralisch die Augen.

»Banausin, was ist das denn für ein Wort?« Ich pruste los. »Ja, du hast es wirklich nicht leicht mit mir, beste aller Freundinnen. Übrigens, das Zelt ... Wo ist unser Platz?« Hektisch schaue ich mich um. Die anderen aus unserer Reisegruppe sind schon auf der ganzen Wiese verteilt und mit dem Aufbau beschäftigt.

Nach einem Blick auf den Plan marschiert Merle zielstrebig auf eine Stelle unter großen Bäumen zu. Dort stehen bereits mehrere bunte Zelte, vermutlich von anderen Urlaubern.

Ein mulmiges Gefühl durchläuft mich. »Weißt du eigentlich, wie man ein Zelt aufbaut?«, frage ich. Denn ich selbst habe absolut keine Ahnung. Ich war noch nie campen. Nicht mal bei uns zu Hause auf dem Balkon.

»Ja, klar«, erwidert Merle. »Schon vergessen? Ich bin Campingprofi. Ich mache das nicht zum ersten Mal.« Sie fummelt an dem Beutel, den Alex uns gegeben hat. »Außerdem haben wir ein Wurfzelt. Das stellt sich von selbst auf.« Merle zieht eine blaue gefaltete Plane hervor, die so flach ist wie ein übergroßer Teller. Mit Schwung schleudert sie das Planen-Frisbee ein paar Meter von sich. Es poltert gegen ein anderes Zelt – aber entfaltet sich nicht.

»Autsch!«, hören wir, dann mehrere unaussprechliche französische Flüche.

»Oha!« Merle läuft himbeerrot an, als ein Junge den Kopf aus dem soeben von ihr unfreiwillig attackierten Zelt rausstreckt. »Tut mir leid! Das muss irgendwie ein anderer Mechanismus sein als bei den Zelten, die ich gewohnt bin.«

Mitfühlend drücke ich Merle die Hand.

Als der Junge uns entdeckt, schiebt er sich zu voller Größe auf die Wiese und setzt ein strahlendes Lächeln auf. Er trägt die schwarzen Haare an den Seiten rasiert und oben auf dem Kopf etwas länger. »Pas de problème. Soll ich euch helfen?«, fragt er. Braun gebrannte Beine lugen aus einer knielangen Khaki-Shorts hervor. Sein Hemd ist nicht zugeknöpft, die kurzen Ärmel sind hochgekrempelt. Ein ziemlich lässiger Look.

»Ein Glück, du sprichst Deutsch«, sagt Merle. »Auf Französisch kann ich mich noch nicht entschuldigen.«

Der Junge steckt die Hände in die Taschen seiner Shorts. »Deutsche Mutter, französischer Vater.« Er wippt nach vorn. »Und Entschuldigung heißt übrigens *désolé* oder *pardon*. Darauf antworte ich dann mit *n'en parlons plus* oder *ce n'est pas grave*. Das heißt null Problem.«

»Ah, ist ja interessant«, erwidert Merle. Geschmeidig schaltet sie in den Strahle-Lächeln-Flirtmodus um. »Bist du schon lange hier?«

»Ja, kann man so sagen.« Er wackelt geheimnisvoll mit den Augenbrauen. »Und ich bleibe den ganzen Sommer.« Der Junge streckt uns eine Tüte mit Honigbonbons hin. »Ich bin übrigens Léonard. Meine Freunde nennen mich Leo.« Seine Stimme klingt tief und rau, als er seinen Namen ausspricht, ein langgezogenes »Le-oooh«, und ich denke insgeheim, dass er wohl am besten selbst ein Honigbonbon lutschen sollte. Unwillkürlich muss ich mich räuspern.

Merle scheint jedoch ganz in seinen Bann gezogen. »Oh, prima. Dann sehen wir uns ja öfter«, flötet sie und nimmt sich ein Bonbon.

»Mein Angebot steht«, sagt Leo, während er unser Zelt aus dem Gras klaubt. »Ich helfe euch gern.«

»Nein, danke. Wir schaffen das schon!« Ich nehme ihm das Teil aus der Hand und betrachte es unschlüssig.

»Sie lässt sich nicht so gern helfen«, meint Merle in einem vertraulichen Ton zu Leo.

»Okay, alles klar.« Er macht einen Schritt zur Seite und schaut mich abwartend an.

»Denk dran, mit Schwung aus dem Handgelenk«, meint meine allerbeste Freundin. Grrr. Das ist wohl die Revanche für den Enten-Spruch. Auch sie blickt mich gespannt an.

Ich atme noch mal tief durch und werfe. Zu meiner großen Erleichterung fliegt das Zelt nicht weit und entfaltet sich brav.

»Prima!« Merle klatscht begeistert. »Wir machen diesen Sommer noch einen richtigen Campingprofi aus dir, Fee. Nicht wahr, Leo?«

»Oh, auf jeden Fall«, antwortet der.

Ich kann ein genervtes Seufzen nicht unterdrücken. Doppel-grrr. Mir liegt auf der Zunge, dass Merle schließlich das Zelt zum Frisbee gemacht hat. Von wegen Profi. Aber ich bringe den Kommentar einfach nicht über die Lippen. »Gut, danke!«, sage ich stattdessen und beschäftige mich schnell mit meinem Koffer. Insgeheim wünsche ich mir, dass Leo geht. Ich will nach der anstrengenden Fahrt einfach nur noch ins Zelt und mich einen Moment hinlegen.

Merle merkt offenbar, wie unwohl ich mich fühle, und eilt zu meiner Rettung. »Vielleicht sieht man sich ja später noch«, meint sie zu Leo.

Leo reagiert mit einem Lächeln. »*D'ac*, aber vergesst *les sardines* nicht. Nachts wird es hier schon mal windig. *Salut!*« Nach dieser mysteriösen Bemerkung winkt Leo noch mal und verschwindet Richtung Bootshütte.

»Na, der war ja nett«, meint Merle schwärmerisch und schaut ihm nach.

»Ja, total!« Ich verdrehe die Augen und zupfe das Zelt zurecht.

»Kannst du mir mal helfen? Und sag mal: Was haben Sardinen mit Wind zu tun?«

»Sardinen? Ach, er hat bestimmt die Heringe gemeint.« Kichernd kramt Merle in dem Beutel und holt metallene Haken heraus. Gemeinsam verankern wir damit das Zelt.

»Warum heißen die Dinger denn Heringe?«, will ich wissen. »Weil sie dieselbe Farbe wie die Fische haben?«

»Keine Ahnung.« Merle zuckt mit den Schultern. »Ist das wichtig?«

»Nö, natürlich nicht.«

Wir hieven unser Gepäck ins Innere und breiten Isomatten und Schlafsäcke aus. Meinen Kuschelhasen lege ich wie einen Wächter in den Schlafsack. »Pass gut auf, Hasi«, sage ich.

»Für unsere Wertsachen können wir einen Safe an der Rezeption mieten«, erklärt Merle. »Und für alle Fälle habe ich noch die hier gegen Diebstähle.« Sie fischt zwei kleine Schlösser aus ihrer Tasche. »Damit können wir deinen Koffer und meinen Rucksack abschließen.«

»Okay.« Ich nicke. »Prima.« Außer meinem Ausweis, dem Handy, Impfpass und etwas Geld habe ich nichts Wertvolles dabei. Okay, mein Journal, in dem ich jeden Abend meine Erlebnisse eintragen will. Nun muss ich nur noch irgendwo ein leeres Marmeladenglas auftreiben, um darin Andenken an den Sommer zu sammeln.

Nach einer kurzen Verschnaufpause laufen wir mit unseren Wertsachen in den Bauchtaschen eine halbe Stunde später zum Treffpunkt. Unsere Gruppe ist schon vollzählig dort versammelt, stelle ich fest. Auf der Terrasse sind mehrere Tische gedeckt. In der mit Steinen umkreisten Grillstelle prasselt ein Feuer. Die Flammen lecken knisternd am Holz. Ein Mann dreht Würstchen, Grillspieße, Maiskolben und Gemüse auf dem Schwenkrost, der darüber hängt. Stockbrot und bunte Marshmallows liegen in einer Schale auf einem Baumstumpf bereit. Ich halte Ausschau nach Keksen, denn damit könnte man echt leckere S'mores machen.

Ein Junge geht mit einem Tablett herum und verteilt Getränke. Ein anderer hilft am Grill. Mir fallen fast die Augen aus dem Kopf, als ich nach einem Moment der Verwirrtheit kapiere, um wen es sich handelt. Wie gesagt, Gesichter wiedererkennen gehört nicht unbedingt zu meinen Stärken. Im Gegensatz zu Miss Fotografisches-Gedächtnis alias meine Freundin.

»Na, sieh mal einer an«, zwitschert Merle. »Der Tag ist voller Überraschungen.«

# BARBECUE AUF FRANZÖSISCH

*»Was ich an Tieren mag?*
*Dass sie nicht so viel quasseln.«*

– FEE

Zielsicher steuert Merle auf Leo zu, der dem Mann am Feuer hilft.

»Hallo, so schnell sieht man sich wieder«, sagt sie.

»*Salut!* Na, steht das Zelt?«, will er wissen.

»Ja, sicher, was denkst du denn?« Merle zupft sich das Haargummi aus dem Pferdeschwanz, streift es sich übers Handgelenk und wirft sich die langen blonden Haare über die Schultern.

»Ah, *bien!*«, antwortet Leo.

Als er uns mit seinem Strahlelächeln angrinst, habe ich plötzlich das Gefühl, dass wir beobachtet werden. Und tatsächlich. Noch während ich mich verstohlen umdrehe, sehe ich, dass uns der andere Junge fixiert. Eric. Sein Lederarmband, die Wuschelhaare und die Sommersprossen haben sich nach der Esel-Begegnung förmlich in mein

Gedächtnis eingebrannt. Das Tablett mit den Gläsern in seiner Hand zittert leicht, als sich unsere Blicke verhaken. Wie ertappt senkt er den Kopf, und mich überläuft ein komisches Kribbeln.

»Habt ihr euch für die Naturwochen angemeldet?«, holt Leo mich aus meinen Gedanken. Er deutet mit einem Nicken auf den langen Tisch, an dem sich die anderen zusammengefunden haben.

»Ja, genau«, antwortet Merle. »Bist du auch dabei?«

Bevor Leo antworten kann, ziehe ich sie weiter, weil mein Fluchtinstinkt mal wieder zuschlägt. Ich spüre förmlich, dass Erics Blick erneut auf mir ruht. »Kommst du? Die anderen warten schon auf uns mit dem Essen«, sage ich. »Bis dann.« Ich winke Leo kurz zu und ziehe meine Freundin aus der Gefahrenzone und zum Büffet.

»Hey, warum bist du denn so unhöflich?«, zischt Merle mir zu.

»Ich habe Hunger«, erwidere ich ausweichend. Jetzt bloß keine Diskussion über Sommerflirts und komisches Gekribbel anfangen. Abgesehen davon sieht das Essen wirklich fantastisch aus. Außer den Grillspeisen gibt es noch Obstspieße, Brot, Käse, Crêpes und leckere Salate. Beim Anblick knurrt mir der Magen. Es ist Ewigkeiten her, dass ich etwas gegessen habe.

Wir packen uns die Teller voll und wollen uns einen freien Platz am Tisch suchen. Doch als ich mich umdrehe, stoße ich mit jemandem zusammen. Eric!

»Entschuldige, ich hab dich nicht gesehen«, sage ich. Gerade noch rechtzeitig greife ich nach der geschnittenen Baguette-Scheibe, bevor sie fällt.

»Das ist offensichtlich.« Er grinst leicht und lässt den Blick über meinen übervollen Teller schweifen. »Guten Appetit!«

»Danke! Hast du Stella noch eingefangen?«, will ich wissen.

»Ja. Sie steht jetzt wieder in ihrem Gehege.« Er lächelt leicht.

»Das ist gut«, erwidere ich und spüre, wie mein urplötzlicher Redefluss versiegt. »Vielleicht sieht man sich ja später noch.«

»Ganz bestimmt«, meint er geheimnisvoll.

Ich werde rot, nicke ihm zu und schiebe mich schnell an ihm vorbei.

Während wir uns auf einer der Bänke niederlassen, wirft Merle mir vielsagende Blicke zu, die ich jedoch geflissentlich ignoriere. »Wow! Das war schon wieder ein richtiges Gespräch!« Ihre Augen mustern mich forschend. »Du magst ihn offenbar.«

»Quatsch«, erwidere ich und beiße schnell in mein Baguette.

Während wir noch genüsslich unsere Veggie-Burger mit Grill-Gemüse verspeisen, klimpert Alex an sein Glas.

»Herzlich willkommen! Wie schön, dass ihr hier seid und euch für diese wundervolle Natur einsetzen wollt.« Er macht eine ausholende Bewegung mit seinem rechten Arm, wobei er beinahe eine Flasche vom Tisch fegt. »Wir freuen uns besonders, dass die Söhne der Betreiberfamilie des Campingplatzes zwei der Arbeitsgruppen anleiten werden. Leo und Eric, kommt doch mal rüber.« Alex deutet auf die beiden, und ich bin verwundert. Sie sind Brüder? Die beiden sind so unterschiedlich wie Tag und Nacht. Leo dunkelhaarig und selbstbewusst und Eric blond und … na ja, eher zurückhaltend und tollpatschig, nach dem Roller-Vorfall zu urteilen.

»Setzt euch zu uns«, fordert Alex die beiden auf. Sie holen sich Stühle vom Nebentisch und quetschen sich neben uns. »Damit wir uns alle noch ein wenig besser kennenlernen«, fährt Alex fort, »hat sich unsere liebe Sandra ein Kennenlernspiel ausgedacht.«

Ich stöhne innerlich auf. Ich hasse Kennenlernspiele. Also wirklich. Abgrundtief. Die sind immer oberpeinlich. Mit einiger Sorge blicke ich zu Sandra.

»Also gut. Das Spiel ist ganz einfach! Ihr nennt etwas zu essen, das mit demselben Buchstaben anfängt wie euer Name. Also ich bin Sandra, und ich mag Stockbrot.« Sie knibbelt ein Stück geröstetes Brot vom Ast und steckt es sich in den Mund. »Du bist dran.« Sie wendet sich an ihre Sitznachbarin.

Außer Leo, Eric, Merle und mir sitzen noch Koray, drei weitere Jungs und vier Mädchen am Tisch. Alle sind im selben Alter wie wir.

Fieberhaft überlege ich, welches Essen ich nennen könnte, das mit F anfängt. Fisch? Feigen? Feldsalat? Hmpf. Hallo, ich bin Fee wie Feldsalat, klingt irgendwie ... schräg. Aber immer noch besser als Feige. Obwohl das in gewisser Weise zutrifft.

Inzwischen ist die Runde schon bei Leo. »Ich bin Leo, und ich mag Lakritz«, sagt er und grinst. »Mein Bruder Eric ...«

»... kann für sich selbst sprechen«, sagt sein Sitznachbar. »Und mag Erdbeeren, am liebsten die im Malabar-Kaugummi.«

Oha, die Spannung zwischen den beiden ist deutlich spürbar. Unwillkürlich frage ich mich, warum sie Stress miteinander haben. Schluss, Fee, das geht dich nichts an, weise ich mich innerlich zurecht und richte den Blick wieder in die Runde. Dort erklärt Hanna gerade, dass sie Hoppelpoppel mag. Das Rührei-Durcheinander sorgt für reichlich Gelächter, nur Leo zieht verwundert die Stirn kraus.

So geht es reihum. Ich erfahre, dass Merle Mandarinen mag, was ich schon weiß, Sofie Sardinen und Till Tomaten. Koray isst gern Kichererbsen und Aylin Ananas. Oder auch nicht. Vielleicht ist ihnen nur nichts Besseres eingefallen.

Eins muss ich Sandra lassen. Durch diese Art der Vorstellungsrunde kann sogar ich mir die Namen ratzfatz merken. Und es hat außerdem Spaß gemacht!

»Okay, danke. Damit ist der offizielle Teil beendet. Morgen früh teilen wir die Arbeitsgruppen ein und besprechen den weiteren Ablauf. Heute habt ihr noch frei«, sagt Sandra schließlich.

»Welche Arbeitsgruppen habt ihr euch denn für uns ausgedacht?«, will Alex von Leo und Eric wissen.

»Nun ja, wir brauchen zum Beispiel Hilfe bei den Bienen. Wir haben drei Stöcke. Die Region hier ist übrigens für ihren Kastanienhonig berühmt.« Stolz klingt in Leos Stimme. »Außerdem unterstützen wir die Ranger dabei, Pflanzen zu katalogisieren, die Wanderwege auf Verletzungsgefahren zu checken und die Wildkameras zu kontrollieren, mit denen wir die Tiere zählen. Eins der Wildkamera-Teams leite ich, und es ist immer wieder spannend zu sehen, was man so vor die Linse bekommt: Der Park ist UNESCO-Welterbe und sehr artenreich. Vor ein paar Jahren ist es gelungen, Geier wieder anzusiedeln, und wir haben hier auch jede Menge seltene Pflanzen.«

Er lächelt in die Runde. »Außerdem halten wir die Schilder instand, sammeln Müll und kümmern uns um die Esel.«

»Ich melde mich freiwillig zum Tierezählen!«, ruft Sofie und klimpert mit den Wimpern.

Merles Miene verdüstert sich. »He, das ist hier kein Rosinenpicken«, grummelt sie.

»Das wird ausgelost«, sagt Sandra schnell.

»Ihr werdet viel über die Natur lernen, auch ein paar Survival-Tricks. Aber natürlich habt ihr auch Zeit zum Erholen«, ergänzt Alex. »Welche Freizeitangebote gibt es denn hier, Eric?« Ich merke, wie Alex sichtlich bemüht ist, beide Jungs einzubeziehen.

Eric räuspert sich. »Ihr könnt im Fluss schwimmen, die Paddleboards nutzen oder auch Wandern und Bouldern. Es gibt hier in der Nähe fantastische Wasserfälle, Kletterfelsen und Höhlen. Und nachts kann man prima die Sterne beobachten.« Sein Blick richtet sich auf mich. »Hier ist nämlich Lichtschutzgebiet, und man kann den Nachthimmel besonders klar erkennen.«

»Brüderchen, die Leute wollen hier Spaß haben und sich nicht langweilen!« Leo tut so, als ob er gähnt, und ich sehe, wie Eric etwas in sich zusammensackt.

»Also, gut.« Sandra klatscht in die Hände. »Morgen früh treffen wir uns um neun wieder hier. Seid pünktlich.«

Eric springt auf und geht, doch Leo bleibt sitzen.

»Warum zeltest du, wenn du bestimmt auch bequemer im Haus übernachten könntest?«, fragt Merle.

»Weil ich das Abenteuer liebe«, antwortet Leo und zwinkert. In echt. Er zwinkert ihr zu. Voll kitschig. »Und als Teamleiter bin ich gerne inmitten der Gruppe.«

Die Bemerkung lässt mich überlegen, ob Eric auch auf der Wiese am Fluss übernachtet, wegen des Gruppengefühls. Vielleicht sogar bei seinem Bruder im Zelt? Andererseits wirken die beiden nicht so, als würden sie gern mehr Zeit als nötig miteinander verbringen. Noch dazu auf engstem Raum. Zu gern wüsste ich, was hinter dieser Feindseligkeit steckt. Geheimnisse ziehen mich wie magisch an.

Kurz darauf sind alle in Gespräche verstrickt. Müde höre ich zu und schnappe dabei die unterschiedlichsten Dinge auf. Hanna erzählt von ihren Echsen, Koray hat einen Border Collie, und Leo verteilt fachmännischen Rat zu Eiscreme. Angeblich sind Maronensorbet mit Pistazienkernen und Lavendel-Ziegenmilcheis das Beste, weil Ziegenmilch von Natur aus laktosefrei sei.

Irgendwann brummt mir von all dem fröhlichen Gequatsche und Gelärme der Kopf. Ich verstehe nur noch Rhabarber, und der Drang nach Stille, um mal fünf Minuten durchzuschnaufen, wächst. Das geht mir oft so. Ich mag Gesellschaft, aber manchmal muss ich mit mir allein sein, um meine Gedanken zu ordnen. »Ich geh mal ein Stück spazieren«, sage ich zu Merle. Sie unterhält sich gerade angeregt mit Sofie, schaut dann aber zu mir. »Soll ich mitkommen?«

»Nein, ist schon gut. Wir sehen uns nachher im Zelt.« Ich schiebe den Stuhl zurück.

»Okay.« Merle dreht sich wieder zu Sofie. Sie kennt mein Durchschnauf-Bedürfnis schon von Klassenfahrten und anderen Veranstaltungen und nennt es meine »Eremiten-Anfälle«.

Ich gehe am Büffet vorbei und entdecke ein leeres großes Honigglas, das ideal für meine Andenkensammlung wäre. »Darf ich das mitnehmen?«, frage ich den Mann, der immer noch am Grill steht. Er nickt, und ich verlasse glückselig mit meinem Schatz die Terrasse.

Nachdem das Glas gründlich ausgewaschen und im Zelt verstaut ist, überlege ich, wieder zurück zu den anderen zu gehen. Doch meine Schritte führen mich wie von selbst zum Eselgehege, das ich ein Stück den Hügel hinauf neben dem Haupthaus entdecke. Fünf Tiere stehen dort auf der kleinen Weide und fressen friedlich. Ein kleiner brauner Esel löst sich aus der Herde und trabt auf mich zu. Ich erkenne ihn sofort wieder. Die Mähne fällt ihm in die Stirn, und seine großen braunen Augen mustern mich neugierig.

»Hallo, Stella«, sage ich leise. Kurz entschlossen klettere ich auf den Zaun, setze mich auf die oberste Latte und stecke ihr eine Karotte zu, die ich vom Büffet stibitzt habe.

Die Eselstute nimmt sie und verschlingt sie knackend. Ich streiche ihr durch das borstige Fell, und sie steckt ihren Kopf unter meinen Arm, als wolle sie kuscheln.

Gleich darauf wird die friedliche Ruhe jedoch gestört, denn ein blechernes Scheppern dringt mir an die Ohren, dann ein lauter Fluch. Die Schuppentür schwingt auf, und ich beobachte gebannt, wie jemand sich rückwärts aus dem kleinen Verschlag schlängelt.

# Sterne auf vier Beinen

*»Esel sind die süßesten Tiere der Welt.*
*Ihnen ist es auch egal, wenn mein*
*Fettnapf-Radar mal wieder anschlägt.*
*Denn Blamieren – vor allem mich selbst*
*– kann ich giga-gut.«*

– ERIC

Stella dreht neugierig den Kopf. Der Junge, der aus der Hütte tritt, stößt rückwärts die Tür auf und lässt sie dann zufallen, während er sich umdreht. Ich kneife die Augen zusammen. Eric! In jeder Hand trägt er einen Eimer. Aus einem schwappt Wasser auf seine Hose, und er flucht erneut leise. Kein Wunder, es sieht aus, als hätte er sich in die Hose gemacht.

Ich unterdrücke ein Kichern und will vom Zaun springen, um zu gehen, bevor er mich entdeckt. Seitlich schlage ich die Beine über die oberste Latte und sitze nun rittlings drauf, mit dem Rücken zu Eric. Das gefällt Stella überhaupt nicht. Sie stößt ein klägliches Iah aus und schnappt nach meinem Shirt. Geschickt weiche ich aus, doch das kostet Zeit. Während ich Stella noch davon abhalten will, den Kopf in meine Taschen zu stecken, hat Eric uns entdeckt. Auf dem Weg zum Futtertrog bleibt er stehen. Die anderen Esel, die auf der anderen Seite des Geheges stehen, setzen sich hingegen langsam in Trab.

»He, hast du sie etwa gefüttert? Das ist nur Angestellten erlaubt!« Eric deutet mit dem Kopf auf ein Schild, auf dem irgendwas in Französisch steht. Vermutlich *Füttern verboten.* »Die Esel können schnell Durchfall und Koliken bekommen.«

Mist! Einfach weggehen kann ich nun nicht mehr. Langsam drehe ich mich um. »Entschuldige, das wusste ich nicht. Ich habe ihr auch nur eine minikleine Karotte gegeben.«

»Ach, du bist das.« Eric stellt die Eimer ab und zupft sich rasch und auffällig unauffällig das Shirt über die Hose. Dann schiebt er die Hände in die Taschen. »Okay, aber lass das Füttern am Zaun, bitte. Wir wollen nicht, dass jemand gebissen wird.«

»Quatsch, Stella ist doch ganz brav.« Ich zause der Eselin die Mähne.

»So ein Biss kann aber auch aus Versehen passieren. Und wenn du sie so tätschelst, passiert das eher früher als später. Das finden Esel nämlich nicht so prima. Sie sind ja keine Ponys.« Eric runzelt die Stirn, als Stella sich an mich schmiegt und die Unterlippe hängen lässt. »Ha, das ist ja ein Ding. Ich glaube, sie mag dich. Gewöhnlich lässt sie kaum jemanden außer mir an sich heran.«

»Ich fühle mich geehrt.« Ein Glücksgefühl blubbert in mir hoch. »Danke, Stella.«

Inzwischen hat die Eselherde Eric erreicht und versucht, die Nasen in den Futtereimer zu stecken. Dabei wirft einer Eric fast um. »He,

Frechdachs!«, sagt er lachend. »Darf ich die verfressene Bande vorstellen? Cassiopée, Sirius, Orion und Aquila.« Nacheinander deutet er auf die Tiere, die von hellgrau über braun bis fast schwarz unterschiedliche Fellschattierungen aufweisen.

Ich muss lachen. »Das heißt ja, vor mir stehen lauter Sternbilder auf vier Beinen.«

Erics Gesicht rötet sich leicht, und er hebt einen Mundwinkel zu einem Lächeln. »Ja, stimmt! Cool, dass dir das auffällt.« Er schüttet Futter und Wasser in die Tröge. Eifrig trotten die Esel ihm hinterher und mampfen genüsslich. Nur Stella bleibt bei mir.

Dann holt Eric einen Eimer mit Putzzeug, der auf einer Bank vor der kleinen Hütte steht. Mit einem Striegel bürstet er Sirius, der sich offenbar schon sattgefuttert hat. Der Esel genießt das sichtlich. Seine dunklen Augen fangen förmlich an zu leuchten.

Unschlüssig verharre ich. Soll ich gehen? Das wäre sicher unhöflich. Und mein schlechtes Gewissen hält mich fest. Ich hab Stella bestimmt nicht schaden wollen. »Kann ich helfen?« Ich hopse vom Zaun und laufe zu Eric hinüber.

»Hast du schon mal mit Eseln zu tun gehabt?«, erkundigt er sich.

»Mit menschlichen auf jeden Fall«, brumme ich und denke an Angeber-Leo. Laut sage ich: »Nein, aber ich lerne schnell.«

Wortlos bückt sich Eric und hält mir eine zweite Bürste hin. »Okay, versuch es ruhig. Mit Hilfe geht es schneller.«

»Oho, du vertraust mir einfach so? Obwohl ich Stella verbotenerweise gefüttert habe?« Damit habe ich nicht gerechnet.

»Klar.« Er legt den Kopf schräg. »Nenn mich vertrauensselig. Aber wenn du sagst, du lernst schnell, dann glaub ich dir das.« Er mustert mich kritisch. »Abgesehen davon scheint Stella dich zu mögen, was mich darauf schließen lässt, dass du gut mit Tieren kannst. Und außerdem ist Striegeln ja keine Raketenwissenschaft.«

Ein Ziehen fährt mir durch den Bauch. Wie meint er das denn jetzt? Ich zwinge mich zu einem Lachen. »Ehrlich, du hast es wirklich gut drauf, Beleidigungen in Komplimente zu verpacken«, sage ich, um das Ziehen zu vertreiben.

»Oh weia. Bin ich schon wieder in einen Fettnapf getreten?« Eric sieht ehrlich zerknirscht aus. »Nenn mich Dr. Cringe.«

»Okay, Dr. Cringe. Obwohl du ja eigentlich den Namen eines Disney-Prinzen trägst. Den von ›Arielle‹«, platzt es aus mir heraus. Huch! Meine Namens-Eselsbrücke wollte ich eigentlich für mich behalten!

»Ich muss jetzt aber nicht für dich singen?«, erwidert er frech. »Denn glaub mir, das willst du nicht hören.«

»Nein, keine Sorge. Ich bin ja kein Meermädchen. Und ich komme auch ganz gut ohne Prinz auf weißem Pferd zurecht. Oder Esel«, schiebe ich nach. »Ist mir viel zu kitschig.«

»Das beruhigt mich jetzt ungeheuer«, schmunzelt er.

»Macht dir die Arbeit hier Spaß?«, versuche ich das Thema zu wechseln.

»Ja, klar. Aber manchmal ist es auch ganz schön anstrengend. Und wir haben in den Ferien nur selten frei.« Eric weicht meinem Blick aus und bürstet weiter.

»Fällt es dir nicht schwer, immer so früh aufzustehen?«, erkundige ich mich.

»Man gewöhnt sich dran.« Er zuckt mit den Schultern.

»Echt? Ich glaub, daran würde ich mich nie gewöhnen. Mein Biorhythmus gleicht eher dem einer Eule. Deshalb bin ich auch Befürworterin flexibler Anfangszeiten in der Schule. Ich hoffe, ich schaffe es morgen rechtzeitig zum Treffen.« Bei dem Gedanken verziehe ich das Gesicht.

»Falls nicht, kann ich dir Stella schicken. Die ist ein prima Wecker.«

»Danke. Und was machst du, wenn du nicht arbeiten musst?«, hake ich nach. Ich bin selbst erstaunt, wie leicht es mir fällt, das Gespräch in Gang zu halten. Mit Fragen – wie Merle es mir geraten hat.

»Och, alles Mögliche. Manchmal Wandertouren mit den Eseln. Stand-up-Paddling. Kanufahren. Lesen. Ich hab viele Hobbys. Und du?«

»Äh, ich lese auch gerne«, antworte ich, doch weil mir das ein wenig dürftig erscheint, schiebe ich noch hinterher: »Und klettern mag ich auch.« Kaum ist der Satz über meine Lippen, würde ich mir am liebsten die Wörter wieder in den Mund stopfen wie eine Kaugummiblase. Bisher war ich nur einmal klettern, im Kletterwald mit der Klasse. Das hat aber Spaß gemacht.

»Toll, das find ich auch gut«, freut sich Eric. Er schaut mich endlich mal an, und seine Augen funkeln. »Vielleicht können wir ja mal zusammen bouldern.«

»Ja, vielleicht«, antworte ich ausweichend. »Oder Yoga machen.«

»Pf. Das ist doch nicht mal ein richtiger Sport.«

»Das zeigt, dass du noch nie Yoga gemacht hast«, erwidere ich grinsend. »Du und Leo seid also Brüder.« Ich lehne die Arme auf Stellas Rücken. »Ihr seht euch gar nicht ähnlich.«

»Wir sind ja auch Stiefbrüder«, erwidert Eric. »Oder Bonusbrüder, wie er es nennt. Meine Mutter ist mit Leos Vater Didier zusammen. Wir sind deswegen aus Deutschland hierhergezogen.« Er seufzt. »Aber so perfekt wie Leo bin ich längst nicht.« Seine Miene verfinstert sich, und ich frage mich wieder einmal, was zwischen den beiden los ist.

Stella stupst mich an. Ich nehme die Bürste und fange an, ihr durchs Fell zu streichen.

Schweigend arbeiten wir nebeneinander, und ich genieße die Stille. Es ist gar nicht unangenehm, sondern irgendwie ... erdend und entspannend. Fast wie Meditation. In Erics Gesellschaft fühle ich mich ... wohl. Vielleicht, weil er ähnlich tollpatschig ist wie ich. Vielleicht kann ich deshalb so unbeschwert mit ihm reden.

Schließlich legt Eric den Striegel weg, und ich tue es ihm gleich.

Wir setzen uns aufs Gatter, Eric holt eine Tüte aus der Hosentasche und bietet mir ein Bonbon an. Schweigend fische ich eines heraus. Es ist in hübsches grünes Papier mit weißen Punkten eingewickelt, auf dem ein Apfel prangt. Verstohlen stecke ich es in meine Tasche. Es ist das erste Sammelstück für mein Andenkenglas. Ich bin zuversichtlich, dass es sich bis zum Ende des Sommers mit lauter schönen Erinnerungen füllen und mir Glück bringen wird.

»Wusstest du, dass Esel weitsichtig sind? Direkt vor sich können sie nichts sehen. Und sie können auch kein Rot wahrnehmen.« Erics Blick streift über mein rotes Shirt.

»Spannend«, erwidere ich. Das Bonbon schmeckt angenehm sauer, und die Brausefüllung prickelt auf meiner Zunge.

»Ja, nicht wahr? Der Begriff Eselsbrücke kommt übrigens daher, dass sie nicht durchs Wasser gehen wollen. Nicht mal durch eine Pfütze, wenn sie nicht darauf trainiert sind. Man muss ihnen dazu eine Brücke bauen.« Er blickt in die Ferne.

»Du weißt wirklich viel über Esel«, stelle ich fest.

»Vielleicht, weil ich selber einer bin«, witzelt Eric. »Wie mein Seelentier.«

»Haha. Mein Seelentier wäre ein Wombat. Weil ich so gern esse.«

»Wie die Esel«, sagt Eric. »Fressen ist ihre Leidenschaft. Wenn man sie lässt, würden sie sich vollfuttern, bis sie platzen. Sie haben kein Sättigungsgefühl. Wusstest du, dass sie mit ihrer Herde kommunizieren? Sie teilen sich mit Stimme und Mimik mit und können die Stimmungen anderer deuten, sogar die von Menschen«, erzählt er.

»Echt?« Ich beobachte die Tiere.

»Ja, und zur Begrüßung und auch wenn sie sich miteinander unterhalten, blasen sie einander auf die Nase. Ungefähr so.« Er dreht sich zu mir und pustet mir ins Gesicht. Warme Luft und Erdbeer-Gummibärchen-Atem wehen mir um die Nase. Unwillkürlich durchfährt mich ein Kribbeln, und ich beiße mir auf die Zunge.

»Entschuldige«, sagt er.

»Was denn?«, will ich wissen.

»Dass ich so …« Was er noch sagen will, erfahre ich nicht, denn da schwingt sich Leo plötzlich neben uns aufs Gatter.

Merle ist ihm gefolgt und setzt sich neben mich. »Hallo, Süße. Ich dachte, du wolltest spazieren gehen?«

»War ich auch, sogar schon auf dem Rückweg zu dir. Aber dann konnte ich einfach nicht an dem Esel vorbeigehen.« Ich deute zu Stella.

»Hey, wenn dir Eric auf den Keks geht, schubs ihn einfach zurück ins Gehege zu seinen Verwandten«, meint Leo, der meine Bemerkung offensichtlich auf seinen Stiefbruder ummünzt. Er lacht über seinen Scherz, und die Esel i-ahen unruhig.

»Nicht so laut!«, zischt Eric. »Das verschreckt sie.«

»Ist ja gut.« Leo verdreht die Augen.

»Ich meinte auch gar nicht …«, fange ich an, um Eric zu verteidigen, doch Leo unterbricht mich.

»Papa ist übrigens stinksauer, weil du wieder mal vergessen hast, die Paddles wegzuräumen.«

»Oh, verdammt.« Eric läuft knallrot an. Ohne ein weiteres Wort schwingt er sich vom Gatter und läuft den Weg hinunter zum Fluss.

Nachdenklich blicke ich ihm hinterher, bis ich Merles forschenden Blick auf mir spüre. Verlegen schaue ich zum Himmel, der in den gedeckten Farben der Dämmerung erstrahlt. Die untergehende Sonne färbt die wenigen Wolken orangerot.

»Also, ich bin müde«, sage ich und gähne verstohlen. »Ich glaube, ich geh jetzt besser ins Bett. Äh … in den Schlafsack.« Mit einem Satz springe ich vom Gatter.

»Ich komme mit«, sagt Merle, hüpft ebenfalls herunter und hakt sich bei mir ein.

»Bevor ihr schlafen geht, solltet ihr unbedingt die Schlafsäcke ausschütteln«, erklärt Leo. »Manchmal verkriechen sich Spinnen darin. Bonne nuit!«

»Danke für den Tipp«, sage ich und laufe los. Unvermittelt wallt Enttäuschung in mir hoch, weil Eric einfach so gegangen ist.

»Wir müssen nach links!« Merle zieht mich zu sich.

Hoppla! Ich war so in Gedanken vertieft, dass ich gar nicht auf den Weg geachtet habe. Allerdings ist mein Orientierungssinn auch nicht besonders stark ausgeprägt. Ich bin schon froh, wenn ich mich zu Hause in der Schule auf dem Weg zur Toilette nicht verlaufe.

Inzwischen haben wir den Fluss erreicht. Unauffällig schaue ich mich am Ufer nach Eric um, doch er ist nirgendwo zu sehen.

Der Mond spiegelt sich im Fluss, und Merle gibt mir einen Stups. »Komm, lass uns baden«, sagt sie und zieht sich schon das T-Shirt aus. Darunter kommt ihr Bikini zum Vorschein. Das Wasser spritzt hoch, als sie ins Wasser läuft.

»Wirklich? Jetzt noch?« Unschlüssig bleibe ich am Ufer stehen. »Ich hab keinen Badeanzug an.«

»Jetzt komm schon. Das steht auf meiner To-do-Liste«, verkündet Merle. »Und uns sieht hier doch keiner. Die anderen sind noch am Lagerfeuer.«

»Das ist ja genau das Problem, dass uns keiner sieht oder hört, wenn was passiert. Was ist, wenn es irgendwelche Strömungen gibt?«

»Ach bitte.« Merle schaut mich mit ihrem Welpenblick an. »Nur ganz kurz. Leo sagt, dass das hier ein ruhiger Seitenarm ist, und das Ufer ist ja auch speziell als Badestelle ausgewiesen.« Sie deutet auf ein Schild, das ich übersehen habe. »Komm schon. Nur bis zum Bauch.«

»Also gut.« Zögernd ziehe ich mich bis auf die Unterwäsche aus und wate zum Wasser. Vorsichtig halte ich eine Zehe rein. »Brrrr, kalt.«

»Quatsch, das hat locker 18 Grad«, widerspricht Merle.

Sie fängt an zu singen, eher laut als schön. Ich falle mit ein. Wir grölen *Sur le pont d'Avignon* und hopsen dazu wie Springfrösche im Wasser herum.

Plötzlich winkt Merle jemandem zu. »Hallo, Eric. Waren wir zu laut? Tut uns leid.«

Ahhh! Wie peinlich! Mir wird warm und kalt zugleich. In Windeseile gehe ich meine Optionen durch, wie ich vermeiden kann, dass er mich in meiner bunten Einhorn-Unterwäsche sieht. Mit Turbotempo tauche ich unter, bis nur noch mein Kopf rausschaut. Verflixt, das Wasser ist nicht tief genug. Ich sitze auf allen vieren.

»Alles okay?«, ruft Eric zu uns rüber.

»Ja ja, alles gut!«, rufe ich. »Du kannst ruhig wieder gehen.«

»Oder reinkommen.« Merle winkt ihm zu, und ich gebe ihr einen heftigen Stoß. »Aua!«, schimpft sie.

»Hast du dir wehgetan?«, ruft Eric besorgt. »Es ist wirklich gefährlich, nachts schwimmen zu gehen. Man sieht die Steine nicht. Und ihr erschreckt womöglich die Biber.«

»Keine Sorge«, sagt Merle. »Fee hat einen Erste-Hilfe-Kurs.«

Ich werfe ihr einen verärgerten Blick zu. »Was erzählst du denn da?«, zische ich.

Sie schaut mich unschuldig an. »Na, stimmt doch. Du hast einen Erste-Hilfe-Kurs belegt.«

»Ja, wie wir alle«, erwidere ich. »Aber doch nicht für Biber.« An Eric gewandt meine ich: »Du kannst gehen. Wir kommen jetzt raus.«

»Oh hey, Badeparty. Geil!« Leo taucht hinter seinem Bruder auf. Und ich verdrehe die Augen. Der hat mir gerade noch gefehlt. Mit einem Riesenplatscher stürzt er sich zwischen uns.

»Ernsthaft?« Eric runzelt die Stirn. »Du solltest es besser wissen.«

»Oh Mann, Alter. Du bist so eine Spaßbremse.« Leo schwimmt zwischen uns herum und spritzt Wasser nach allen Seiten.

Unwillkürlich gehe ich auf Abstand. Meine Zähne klappern.

Eric fasst mich ins Auge, und sein Gesicht nimmt einen besorgten Ausdruck an. Merkt er, dass ich mich unwohl fühle? Da stützt er die Hände in die Seiten und brüllt: »Jetzt beweg deinen Hintern endlich raus, Leo. Ich brauche deine Hilfe bei den Boards. Oder soll ich Didier Bescheid geben?«

Keine Ahnung, wer Didier ist, aber der Trick funktioniert. Leo stakst aus dem Fluss. »Bis morgen!«, ruft er uns zu.

Eric nickt uns zu, dann sind die beiden zum Glück in der Dunkelheit verschwunden.

Erleichtert atme ich auf und mache, dass ich aus dem Wasser komme. Das ist gerade noch mal gut gegangen …

# Schlafsack und Träume

*»Sich verlieben ist leicht.*
*Aber jemanden wirklich kennenzulernen und*
*echte Seelenverwandtschaft zu fühlen, ist so selten*
*wie die Begegnung mit einer Smaragdeidechse.«*

– FEE

»Keine Spinne in Sicht, puh!«, sagt Merle. »Die Viecher sind so uuuh.« Sie setzt sich und rubbelt sich die Haare trocken.

»Hey, wir sind hier, weil wir Tiere lieben, nicht um sie zu beleidigen«, tadele ich sie gutmütig. Nachdem ich wieder in trockenen Klamotten stecke, fühle ich mich gleich wohler.

»Ja, schon. Aber manche Tiere mag ich eben mehr als andere.« Sorgfältig begutachtet sie ihren Schlafsack, bevor sie sich hineinkuschelt. »Und? Wie findest du die anderen?«

»Ganz nett«, antworte ich.

»Ich finde, Eric würde den idealen Sommerflirt für dich abgeben«, stellt Merle fest. »Ich glaube, er mag dich.« Sie schubst sich ihr Kissen zurecht und schaut mich grinsend an.

Ich stöhne und presse mir dabei mein Kissen aufs Gesicht. »Das ist nur Wunschdenken. Was ist mit unserem Freundinnen-Sommer?«

»Den können wir doch trotzdem haben.« Sie stützt sich auf die Seite und grinst mich breit an. »Also, ich such mir auf jeden Fall einen Sommerflirt. Frag mich, wer der Glückliche ist!«

»Leo?« Ich nehme das Kissen vom Gesicht und seufze. Merle und die Jungs ...

»Stimmt! Die Kandidatin bekommt fünf Gummipunkte. Ich mag es, dass er so engagiert ist. Und seine Stimme ... Dieser Akzent ist schon très chic!« Sie verdreht schwärmerisch die Augen.

»Na, ich weiß nicht. Er scheint mir ein wenig angeberisch zu sein«, gebe ich zu bedenken. Sein Auftritt im Fluss ist mir noch unangenehm in Erinnerung.

Merle grinst. »Ach, was. Damit komme ich klar. Das hat der doch nur gemacht, um uns zu beeindrucken.« Sie stützt sich auf die Hände und schaut mich erwartungsvoll an. »Koray ist auch ganz nett. Wir haben uns vorhin länger unterhalten. Er hat ein echt süßes Lächeln. Aber Fee, jetzt mal ehrlich! Was läuft da zwischen dir und Eric? Bei ihm redest du ja wie ein Wasserfall. Sehr ungewöhnlich für dich.«

»Wir sind uns zufällig begegnet«, wiegele ich ab. »Und wir haben rein zufällig ähnliche Interessen. Er mag Tiere genauso wie ich.«

»So, so.« Merle tippt sich mit einem Finger an die Wange.

»Ja, genau. Ich finde ihn nett. Das ist alles. Um jemanden zu mögen, muss ich ihn doch erst mal richtig kennenlernen. Und das geht nicht in ein paar Stunden oder Tagen.«

»Ach, Süße.« Merle robbt in ihrem Schlafsack näher zu mir und nimmt mich in den Arm. »Du nimmst das alles viel zu ernst. Es geht doch einfach nur darum, Spaß zu haben und neue Leute zu treffen.«

»Hmpf«, mache ich nur.

»Bei Menschen, von denen du weißt, dass du sie später niemals wiedersehen wirst, fällt es dir bestimmt leichter, dich zu öffnen«, ist Merles Theorie. »Und falls du dich blamierst, ist es auch egal, denn ich mag dich so, wie du bist.«

Okay, das klingt nachvollziehbar, macht die Sache aber trotzdem nicht leichter. »Ja, klar!«, erwidere ich trocken, in der Hoffnung, dass Merle die Lust verliert, über das Thema zu reden. Doch weit gefehlt.

»Weißt du, Fee, no risk, no fun«, plappert Merle weiter. »Wenn man nur wartet, dass etwas passiert, zieht das Leben an einem vorbei.«

»Oho, gab es irgendwo Glückskekse, oder woher nimmst du diese Weisheit?« Ich schüttele den Kopf. »Nein, danke!«, erwidere ich. »Spaß haben und neue Leute kennenlernen, okay. Urlaubsflirt – lieber nicht. Das ist nichts für mich.« Allerdings hat Merle erreicht, was sie wollte. Natürlich schwirrt mir jetzt Eric durch den Kopf. Unser Esel-Gespräch kommt mir in den Sinn.

»An wen denkst du, wenn du so selig grinst?«, will Merle wissen.

»An den Esel«, sage ich und ziehe den Reißverschluss meines Schlafsacks zu. »Und überhaupt. Was ist das denn für eine Beziehung, wenn sie zu Anfang schon ein Ablaufdatum hat, weil wir in drei Wochen wieder abfahren. Nee, wenn ich mich verliebe, dann soll das bitte auch von Dauer sein.«

Merle zieht eine Schnute. »Du weißt schon, dass es Erfindungen namens Internet und Mail gibt? Ach ja, und Züge. Weißt du, das sind diese großen metallenen Dinger. Früher haben die mal gedampft.« Sie sagt das mit so einer todernsten Miene, dass ich lachen muss.

»Du bist vielleicht eine Nuss!« Ich strecke ihr die Zunge raus.

»Wenn schon, dann Marone«, erwidert sie. »Wir sind in Frankreich. Aber trotzdem. Ich find's toll hier. Quasi zum Verlieben schön. Und ich bin so froh, dass du mitgefahren bist.« Sie streckt die Hand aus, und ich ergreife sie.

»Ja, ich auch«, sage ich leise und denke dabei schon wieder an dunkelbraune Augen. Natürlich von einem Esel.

Im Nu ist Merle weggeratzt. Ihr leises Schnarchen ist wie melodische Musik, und mir fällt es schwer einzuschlafen. Die Nacht ist laut. Eulen schuhuhen. Grillen zirpen. Die Isomatte ist hart, und mir ist kalt. Ich ziehe den Schlafsack höher und denke an meine Familie. Was die wohl gerade macht? Eine Woge von Heimweh wallt in mir auf. Felicitas, reiß dich zusammen. Dieser Sommer wird schön, sage ich mir streng. Kurz entschlossen hole ich mein Journal hervor und schreibe mir im Taschenlampenlicht alles von der Seele, was heute passiert ist. Anschließend ziehe ich das Bonbonpapier aus meiner Hosentasche und stopfe es in mein Erinnerungsglas.

Puh! Fühlt sich schon sehr viel besser an. Ich bin froh, dass ich mir hier den Kopf mal tüchtig durchpusten lassen kann. Abschalten, Natur genießen, Sonne und Energie tanken …

Ich drücke die Augen zu und dämmere irgendwann weg.

# NATUR PUR

*»Auch ein Kompass kann dich manchmal maximal in die Irre führen.«*

– ERIC

»Aufstehen, Schlafmütze!«

Gefühlte fünf Minuten später brettert mir ein Kissen an den Kopf. »Autsch!« Ich schieße hoch.

»Das war nur ein Kissen. Und irgendwie muss ich dich ja wachkriegen.« Merle steht gebückt neben mir im Zelt und grinst mich an.

»Hey!«, grummele ich. »Wieso bist du so eklig munter?« Ich bin so müde, dass ich die Augen nicht aufhalten kann. »Reich mir mal ein paar Streichhölzer. Um die Lider hochzudrücken.«

»Hör auf rumzualbern und komm, frühstücken. Sonst essen die anderen uns alles weg. In einer halben Stunde ist Gruppentreffen.«

»Waas? Wieso hast du mich denn nicht früher geweckt?« Hektisch reiße ich den Reißverschluss am Schlafsack auf.

»Weil ich auch eben erst wach geworden bin«, antwortet Merle. »Wir haben vergessen, den Wecker zu stellen.«

»Wenn wir uns beeilen, schaffen wir es vielleicht noch.« Ich mag es nicht, zu spät zu kommen. Es ist mir unangenehm, wenn andere auf mich warten müssen und alle schauen. Das ist jetzt womöglich unvermeidlich. Ein Grummeln zieht mir durch den Bauch. In Windeseile schlüpfe ich aus meinem kuscheligen Regenbogen-Onesie-Pyjama und ziehe mich an.

Warme Sonnenstrahlen begrüßen uns, als wir das Zelt verlassen. Das Plätschern des Flusses dringt mir an die Ohren und macht mir sofort gute Laune. Zu gern würde ich jetzt einen kleinen Spaziergang am Wasser machen, aber dafür bleibt keine Zeit.

Wir stürmen zu den Waschräumen, wobei ich fast über die Ukulele stolpere, die vor dem Nachbarzelt liegt. Gerade noch rechtzeitig setze ich mit einem ziemlich uneleganten Sprung darüber hinweg.

Ich glaube, so schnell habe ich noch nie geduscht. Trotzdem kommen wir zu spät zum ersten Treffen und hatten nicht mal Zeit fürs Frühstück. Etwas außer Atem lassen wir uns auf die letzten freien Plätze fallen.

»*Bonjour*, schön, dass ihr es auch geschafft habt«, sagt Alex.

»Entschuldige. Schlange vorm Waschraum.« Merle lächelt zuckersüß. »Ging nur im Schneckentempo vorwärts.«

Sehnsüchtig schweift mein Blick hinüber zum Gebäude, wo die Tische noch gedeckt sind. Der Duft nach Kaffee und frischem Gebäck weht herüber.

»Wollt ihr?« Leo zieht aus seinem Rucksack zwei Croissants und hält sie uns entgegen.

»Oh, danke! Du bist meine Gute-Laune-Rettung.« Merle schnappt sich eins, bevor ich etwas sagen kann. Sie teilt das Croissant und reicht mir eine Hälfte. Ich nehme sie und beiße hungrig hinein.

»Hmm, sogar mit Marmelade. Lecker.« Merle strahlt Leo an.

Er hält ihr einen Thermobecher hin. »Kakao?«

»Oh, super. Merci«, antwortet Merle. »Du bist wohl auf alles vorbereitet?«

Okay, ich muss zugeben, das ist schon ziemlich nett. Trotzdem bin ich nicht so schnell bereit, ihm den gestrigen Macho-Auftritt zu verzeihen.

»Ja, klar. Wie es sich für einen angehenden Ranger gehört.« Leo streicht sich geschmeichelt durch die Haare.

»Der es mit der Umwelt nicht so genau nimmt«, brummt Eric. »Wusstet ihr, dass zur Herstellung von einem Kilo Kakaobohnen 27.000 Liter Wasser benötigt werden?«

Irritiert schaue ich zu ihm rüber. Was soll das jetzt? Will Eric uns ein schlechtes Gewissen machen? Oder ist das eine Stichelei Richtung Leo?

»Darf ich um eure Aufmerksamkeit bitten?« Sandra klatscht in die Hände. Neben ihr steht eine Frau in grünem Shirt und brauner Shorts. »Das ist Olivia. Sie gehört zu den Rangern des Parks und wird uns heute unsere Aufgaben zuteilen.«

Alle Blicke richten sich auf sie. Olivia räuspert sich. »Wir sind sehr stolz auf unsere Artenvielfalt im Park und zählen über zweitausend heimische Tier- und Pflanzenarten«, berichtet sie. »Viele der Tiere sind gefährdet, deshalb kontrollieren wir die Bestände regelmäßig. Waldbrände und Umweltverschmutzung haben selbst hier ihren Tribut gefordert. Manche schon als ausgestorben geltende Arten konnten wir jedoch wieder ansiedeln, wie Mönchsgeier und Karstotter. Darauf sind wir sehr stolz.«

»Was ist ein Karstotter?«, frage ich. »Eine Unterart der Fischotter?«

»Nein, eine Schlange«, flüstert Leo mir ins Ohr. Er hebt Zeige- und Mittelfinger und stößt damit nach mir, wobei er ein züngelndes »Zssss« von sich gibt. Sein Atem kribbelt mir über die Haut.

»Uh.« Ich rücke ein Stück von ihm ab.

»Ja, genau. Weil viele Tiere nicht so niedlich sind wie Esel, werden sie kaum beachtet.« Eric reibt sich über das Lederband an seinem rechten Arm. »Oder man hält sie für gefährlich und rottet sie aus, wie das bei den Geiern der Fall war. Dabei sind sie für unser Ökosystem mindestens genauso wichtig. Wenn man eine Art rettet, rettet man gleich mehrere.«

Ich betrachte ihn nachdenklich. Offenbar weiß er auch über andere Tiere gut Bescheid. Aber seine Miene ist so finster, als ob ihm irgendeine elefantengroße Laus durchs Morgen-Müsli getrampelt ist.

»Wir beobachten die Tiere, um mehr über ihre Lebensgewohnheiten und Bedürfnisse zu erfahren«, erklärt Olivia. »Aber wir haben noch andere Aufgaben. Wir müssen auch die Wege und Schilder überprüfen, Verletzungsgefahren beseitigen, und wir haben regelmäßige

Müllsammelaktionen.« Sie verteilt Landkarten. »Heute gehen wir die Wanderwege ab und schauen, wo Dickicht eingedämmt oder Schilder erneuert werden müssen. Bei solchen Begehungen sollte man immer die Augen offen halten, falls noch andere Sachen kaputt sind und repariert werden müssen. Dabei können wir auch gleichzeitig die Wildkameras prüfen. Außerdem brauchen wir noch ein Bienen-Ziegenkäse-Team. Beides wird hier im Laden verkauft. Die Erlöse kommen dem Naturpark zugute.«

Alex steckt die Hände in die Hosentaschen. »Für die Bienen brauchen wir vier von euch, alle anderen teilen wir in Zweier-Teams auf. So können wir das riesige Gelände schneller und besser abdecken. Jedes Team bekommt einen Kompass, eine Karte, Schwamm, Gartenschere und einen Spaten.«

»Wozu sind denn der Schwamm und Spaten gut?«, will Hanna wissen.

»Der Schwamm ist zum Reinigen der Beschilderung«, erklärt Eric. »Und ...«

Bevor er weitersprechen kann, fällt ihm Leo ins Wort. »Wir sind den ganzen Vormittag unterwegs, und im Wald gibt's nun mal keine Toiletten.« Leo schaut vielsagend in die Runde. »Ihr müsst ein Loch buddeln, wenn ihr ... mal müsst, und das auch wieder zubuddeln.«

»Das ist wichtig. Ihr wollt doch bestimmt keine Wölfe oder Geier anlocken, oder?«, mischt sich Eric ein.

Alle schütteln den Kopf.

»Als ob die Kacke fressen«, flüstert Koray, und ich pruste los.

Eric wirft mir einen verwirrten Blick zu. Ich spüre, wie mir warm wird. Um abzulenken, sage ich schnell: »Okay, ich nehme den Spaten.« Ich kralle mir das Ding und halte ihn leicht hoch. »Hallo, Waltraud.«

»Wer ist Waltraud?« Eric sieht aus, als würde er gleich die Geduld mit mir verlieren.

»Na, der Spaten.« Ich deute auf das Teil. »Falls wir mal ... na ja, im Wald waltrauden müssen.«

Leo lacht sich schief. »Gibst du Werkzeugen immer Namen?«

»Nicht nur Werkzeugen«, verkündet Merle. »Auch anderen Gegenständen. Ihr Fahrrad heißt Ente.«

»Ja, weil es so lahm ist. Und das Schutzblech klappert.« Ich zucke mit den Schultern.

»Wie niedlich.« Leo zwinkert mir zu.

Irritiert schaue ich ihn an. »Also, ich weiß ja nicht, was daran niedlich sein soll, dass ich eine Schrottmühle als Fahrrad habe.«

Ich sehe, wie Eric in sich reingrinst und Leo zu einer Erklärung ansetzt. »Nein, ich meinte doch ...«

Was er noch sagen will, wird jedoch im Keim erstickt, denn Olivia lässt uns Lose – oder besser gesagt Memory-Karten – aus einem Beutel ziehen, um uns in Gruppen aufzuteilen. Leos Vater Didier winkt die vier mit den Bienen und dem Käse auf den Karten zu sich. Und dann gibt es noch fünf Zweier-Gruppen für die Wegkontrolle. Sie werden von Olivia, Eric und Leo geleitet. Da sich Sandra und Alex im Park bereits gut auskennen, werden sie ebenfalls zu Teamleitungen bestimmt. Jede Gruppe bekommt einen anderen Wanderweg zugeteilt. Die Symbole auf den Karten bestimmen, welcher es wird.

Auf meiner ist ein Vogel zu sehen, ebenso wie auf Erics. Er läuft knallrot an, als wir die Karten hochhalten. Wortlos breitet er die Karte auf dem Tisch aus und hantiert mit dem Kompass.

»Unsere Marschzahl ist die 28«, sagt er zu dem Baum vor ihm.

Ich schaue verständnislos, doch Merle, die mit Leo ganz in der Nähe steht, flüstert mir zum Glück zu: »Das ist die Winkelabweichung zu Norden. Damit lässt sich die Richtung bestimmen.«

Doch ich verstehe immer noch nur Bahnhof. »Und warum wandern wir nicht einfach mit GPS?«, will ich wissen.

Erics Blick ruckt kurz zu mir. »Weil das Signal nicht überall im Park empfangbar ist. Besser, man hat ein Back-up«, erwidert er und lenkt seine Aufmerksamkeit wieder auf die Karte.

Leo springt als Erklärbär ein. »Was die Kopftomate meint, aber nicht klar rüberbringt, ist, dass man mit der Marschzahl navigiert. Man legt den Kompass auf die Karte und richtet sie nach Norden aus. Dann sucht man Start und Ziel und legt den Kompass an den Startpunkt. Die Visierhilfe kommt ans Ziel. Wenn du den Skalenring entgegen dem Uhrzeigersinn drehst, bis die Nadel mit Nordsüd gleich ist, erhältst du die Marschzahl. Dann kannst du immer der Richtung folgen. Ganz einfach, nicht?«

Äh ja … Nein! Aber zum Glück muss ich das auch nicht wissen. Ich folge einfach Eric. Und ahne nicht, dass mich das noch in Teufels Küche bringen wird …

# WALDSPAZIERGANG MIT FOLGEN

*»Manchmal muss man stehen bleiben und innehalten, um weiterzukommen.«*

– FEE

»Denkt dran: Wir treffen uns dann oben am Wasserfall zum Picknick!«, ruft Alex uns zu, ehe er mit Koray im Wald verschwindet.

Die Wege führen alle zum Aussichtspunkt, haben jedoch unterschiedliche Schwierigkeitsgrade. Unserer soll angeblich ganz einfach sein. Eric und ich müssen gelben Markierungen folgen, und ich komme mir vor wie bei einer Schnitzeljagd. Das Gefühl wird noch verstärkt, als Leo uns zuruft: »Mal sehen, wer zuerst oben ist!«

Eric verdreht die Augen und murmelt: »Aus allem muss er einen Wettbewerb machen.« Dann stapft er grummelnd voraus, und ich hechte ihm hinterher, um Schritt zu halten.

Der Pfad steigt leicht an und führt uns durch schattiges Gelände, weg vom Fluss. In der Sonne ist es schon sehr warm. Meine Stirn ist bereits mit einer Schweißperlen-Kette bedeckt, und ich wundere mich, dass Eric in seinem grauen Shirt, den Jeans-Shorts und festen Wanderschuhen offenbar nicht zu schwitzen scheint.

Mit federndem Gang läuft er neben mir her und drückt mir ein Klemmbrett in die Hand. »Du schreibst auf, was ich dir diktiere, ja?«

»Okay.« Ich nehme das Klemmbrett entgegen. Ein Stift baumelt daran.

Eric folgt den gelben Markierungen, die ziemlich weitläufig verteilt sind – auf Steinen, Bäumen und manchmal tatsächlich auch auf Schildern. Man muss sie förmlich suchen wie Ostereier. Manche Markierungen, die schon stark abgeblättert sind, frischt er mit einer gelben Sprühdose gleich auf. Andere wischen wir sauber. Schweigend arbeiten wir uns den Weg entlang.

»Wie war die erste Nacht im Zelt?«, will Eric wissen.

»Ganz okay«, antworte ich. »Etwas kurz. Ich wusste nicht, dass die Natur nachts so unglaublich laut ist.«

»Ja, Wahnsinn, oder? Deshalb bin ich nachts gern unterwegs.«

»Zum Sternebeobachten?« Ich greife mir die gelbe Sprühdose und ziehe eine Markierung nach.

»Ja, Sterne und Tiere. Es gibt reichlich tierische Sternbilder, zum Beispiel den Schwan oder den Adler. Im Himmels-Zoo tummelt sich sogar eine Giraffe.«

»Echt?!« Ich lache.

»Ja, wenn du willst, kann ich sie dir zeigen. Heute und morgen geht es nicht, aber vielleicht übermorgen Nacht, also Freitag?« Er schaut mich erwartungsvoll an. Sein Gesicht ist wieder knallrot angelaufen. Vermutlich von der Sonne.

»Klar. Gerne.« Ich schenke ihm ein Lächeln.

»Prima. Dann haben wir ein Date. Um zehn übermorgen Abend am Fluss?«

»Ein Date?« Plötzlich schlägt mein Herz einen Gang schneller. Ein Date! Oh-oh. Das klingt so ... offiziell. Okay, ich bin gerne mit Eric zusammen und kann mich gut mit ihm unterhalten, aber ...

»Na ja, eine Verabredung. Einen Termin«, wiegelt er ab. »Zum Tierebeobachten. Nur eben nachts.«

Eine seltsame Mischung aus Erleichterung und einem Hauch Enttäuschung wallt in mir hoch. »Prima. Dann frag ich Merle, ob sie mitkommt. Das ist doch okay für dich, oder?«

»Ja, sicher.« Eric wendet sich schnell ab, doch ich habe den Eindruck, dass sich in seinem Gesicht Enttäuschung spiegelt. Allerdings nur kurz, bevor seine Miene unergründlich wird. Vielleicht hab ich mir das auch nur eingebildet. Trotzdem – dieses unbestimmte Gefühl, dass sich zwischen uns etwas verändert hat, bleibt.

»Das Schild ist verblasst. Kannst du das notieren?« Eric reißt mich aus meinen Gedanken. »Das muss erneuert werden.«

»Ja, klar.« Ich mache eine Notiz. Inzwischen weiß ich, wo ich die Nummer finde. Jedes Schild hat so eine, damit man es leichter zuordnen kann.

In der Zwischenzeit holt Eric die Gartenschere aus seinem Rucksack. Ein Ast von einem Gebüsch ragt in den Weg hinein. »Verletzungsgefahr«, murmelt er. Schnipp-schnapp, und der Ast ist Geschichte. Er wirft ihn ins Dickicht, kommt zurück und bleibt plötzlich wie angewurzelt stehen. »Oh schau mal, da ist eine Schildkröte langgekommen.«

»Cool, meinst du, sie ist hier noch irgendwo?« Fasziniert betrachte ich die Spur auf dem staubigen Boden. Sie ist so schwach, dass sie mir beinahe entgangen wäre.

»Wusstest du, dass manche Schildkröten wie Frösche und Salamander durch den Hintern atmen?«

»Ernsthaft?« Verblüfft schaue ich ihn an.

»Ja, aber nur im Wasser«, erwidert er, und ein Lächeln umspielt seine Augen. Er hat wirklich schöne Augen. Kastanienbraun. »Wenn wir Menschen das machen, hätten wir einen Whirlpool oder Raketenantrieb«, scherzt er, und ich lache mich schlapp.

»Ja, wie die Heringe, die sich durch Luftblasen unterhalten«, steuere ich kichernd bei und werde mit seinem Lachen belohnt.

»Wusstest du, dass Eidechsen stehen bleiben müssen, um zu atmen? Ihre Wirbelsäule drückt sich beim Laufen zusammen. Daher müssen sie immer einen Moment innehalten, um Luft zu schnappen. Frösche und Salamander können übrigens auf mehrere Arten atmen.«

»Genial.« Das Gespräch über Tiere hat die plötzliche Anspannung zwischen uns gelockert. »Ich kenne einen Jungen, der hat einen Salamander als Haustier. Er tut mir immer ein wenig leid in seinem Terrarium. Er kommt mir so einsam vor.«

»Der Junge oder der Salamander?« Eric blickt in die Ferne. Wir sind inzwischen weitergelaufen.

»Der Salamander.« Ich schnaube.

»Manche Tiere sind Einzelgänger«, gibt Eric zu bedenken. »Salamander gehören dazu. Bist du mit dem Jungen befreundet?«

»Na ja, wir sind in der gleichen Klasse. Und Nachbarn. Wieso?«

»Och ... Ich hätte vielleicht ein oder zwei Tipps zur Terrarienhaltung«, antwortet er, ohne mich anzuschauen.

Ich räuspere mich. »Du kennst dich wirklich gut mit Tieren aus.«

»Ja, ich will später mal im Naturschutz arbeiten.«

Wir tauchen wieder in den Wald ein. In der Ferne höre ich das leise Rauschen des Wasserfalls, von dem Alex uns erzählt hat. Immer wieder spitzen weiß-gelbe Felsen durch das Grün der Bäume. Gelegentlich geht Eric ins Dickicht, um eine Wildkamera zu prüfen.

»Oh, Mist!«, flucht er plötzlich. Ich sehe nach und stelle fest, dass er in einem Schlammloch steckt. Unwillkürlich muss ich lachen. »Wusstest du nicht, dass es hier einen Sumpf gibt?«

»Haha. Kannst du mir mal helfen?« Er streckt den Arm aus, und ich ziehe ihn raus. Dabei fallen wir beide hintenüber. »Hoppla! Das ist ein Déjà-vu. Wie mit Stella«, sagt Eric und schiebt sich von mir runter. Verlegen fährt er sich mit einer Hand durch die Haare. »Tut mir leid, dass ich so tollpatschig bin und dich immer umhaue.«

»Ja, du bist wirklich umwerfend. In deiner Nähe ist die Erdanziehungskraft ziemlich hoch«, erwidere ich. »Muss ein spezielles Magnetfeld sein.« Insgeheim stelle ich fest, dass ich ihn in mehr als einer

Hinsicht umwerfend finde. Er ist auch ziemlich beeindruckend mit seinem Tierwissen und süß, wie er so zerknirscht dasteht und mir hochhilft. »Dein Fuß sieht aus wie ein Eclair«, sage ich kichernd. »Glänzend-schokoladig.« Bis zum Knöchel ist er in braunen Schlamm getaucht.

»Vielen Dank auch.« Er verbeugt sich. »Ich mag Eclairs. Und nur für den Fall, dass du es noch nicht weißt, das war Absicht. Schlammkuren sind seit alters bekannt dafür, dass sie gut für die Haut sind.«

»Ah, klar. Natürlich«, sage ich gut gelaunt. »Dann hast du wohl reichlich in Schlamm gebadet.« Ups, wo kam das denn jetzt her? Meine Wangen glühen. Verlegen tue ich so, als müsste ich meinen Schuh binden.

Eric geht auf meine Bemerkung zum Glück nicht weiter ein. Interessiert begutachtet er etwas an einem Felsen. »Krass, das musst du dir anschauen.« Er winkt mich zu sich.

Ich beuge mich über seine Schulter und entdecke ... Kacke. Ein längliches Würstchen. Würg. »Okay, und was ist daran so sehenswert?«, hake ich nach.

»Da hat eine Ginsterkatze ihr Revier markiert. Ich wusste, dass es sie hier gibt, aber ...« Er umfasst den Kot mit einem Papiertaschentuch und packt ihn in ein Tütchen.

Doppelwürg. »Das geb ich später Olivia zum Untersuchen, ob die Katze gesund ist. Komm, lass uns weitergehen.«

Eric verlässt den Weg und prüft eine Wildkamera, die an einem Baum angebracht ist. Mit geübten Griffen öffnet er das Batteriefach, tauscht den Akku und legt eine neue SD-Karte ein. Die alte checkt er auf seiner Kamera.

»Prima, sie hat was aufgezeichnet.« Er hält mir das Display hin. Ein Schwarz-Weiß-Video läuft darauf und zeigt schemenhaft den Wald. »Zu Hause können wir das Video am Computer durchschauen und gucken, ob Tiere drauf sind. Mit ein bisschen Glück sehen wir die Ginsterkatze darauf.« Er räumt die Kamera zurück in den Rucksack.

»Sind diese Ginsterkatzen eigentlich gefährlich?«, will ich wissen, als wir weitergehen.

»Nur, wenn du Maus, Vogel, Fisch, Insekt oder Salamander bist. Außerdem sind sie meist nachts unterwegs. Hier, so sieht sie aus.« Er zeigt mir auf seinem Handy ein Bild von einer kleinen gefleckten Katze mit geringeltem Schwanz.

»Oh, die ist ja echt süß!«, schwärme ich.

Eric grinst mich an. »Tagsüber triffst du eher auf Wiesel oder Hirsche. Nachts ist mehr los im Wald. Da streifen Wildschweine, Biber, Otter und manchmal auch Wölfe herum.«

»Wölfe?«, frage ich erschrocken.

»Keine Sorge. Die haben mehr Angst vor dir als du vor ihnen.«

»Ja, genau! Das sagen immer alle, und dann kommt es doch anders.« Ich mache eine ausholende Handbewegung, um eine Schlagzeile anzudeuten. »Camperin von wildem Wolf gefressen. Übrig blieb nur ihr Schnürsenkel.«

Eric lacht laut. »Nee, die würden sich an dir bloß den Magen verderben.«

»Na, vielen Dank auch«, erwidere ich und funkele ihn an. »Es ist so nett von dir, dass du meine Ängste beschwichtigst und mich gleichzeitig in die Pfanne haust. Wenn es für dich okay ist, entscheide ich später, ob ich das als Kompliment oder Beleidigung auffasse.«

Sein ohnehin schon gerötetes Gesicht wird noch eine Spur röter. »Tut mir leid, so hab ich das nicht gemeint. Aber Wölfe fressen keine Menschen. Wir haben hier auch nur ein Rudel. Und der Campingplatz ist weit weg von ihrem Revier.« Er blickt mich ernst an. »Allein draußen im Wald campen würde ich trotzdem nicht. Ist auch verboten.«

»Das hab ich auch nicht vor«, sage ich, immer noch leicht beunruhigt, und setze mich wieder in Bewegung.

Inzwischen ist es so heiß, dass mir die Schweißperlen den Nacken runterlaufen. Der Weg führt bergauf, Wurzeln ziehen sich quer drüber, und ich spüre, wie sich Steine in meine Sohlen bohren. Obwohl ich immer wieder zu meiner Trinkflasche greife, muss ich zum Glück nicht waltrauden, das wäre mir jetzt oberpeinlich. Ich konzentriere mich auf Erics Rücken. An seinem Rucksack baumelt ein kleiner Eselanhänger.

»Wusstest du, dass es in Frankreich freilebende Bisons gibt?«

»Hmpf«, murmele ich, denn ich bin ziemlich erschöpft von der Kletterei und frage mich, wie er dabei überhaupt noch reden kann. Langsam, um nicht auszurutschen, folge ich ihm.

»Oben bei Sainte-Eulalie«, fährt Eric fort. »Da gibt es geführte Touren. Mein Traum ist es, dort als Ranger zu arbeiten.«

»Klingt spannend«, erwidere ich und bleibe kurz stehen, um

durchzuschnaufen. Ich bin beeindruckt, dass Eric schon so klare Vorstellungen von seiner Zukunft hat, und sage ihm das auch. »Ich hab nicht den leisesten Schimmer, was ich später mal machen möchte. So viele Möglichkeiten, wer soll sich da entscheiden? Ich möchte vieles ausprobieren, bevor ich mich festlege«, sage ich nachdenklich.

»Das ist sicher gut. Ich würde gern im Ausland studieren, aber …« Erics Blick schweift nach oben.

Eine braune Feder trudelt vor uns zu Boden. Ich greife danach, um sie als Andenken einzusammeln.

»Was machst du damit?«, fragt Eric neugierig.

Ich zucke mit den Schultern. »Das ist ein Andenken für meine Marmeladenglasmomente. Obwohl es eigentlich ein Honigglas ist.« Ich stecke die Feder sorgsam ein. »Die Idee stammt von meiner Oma. Das Glas hüte ich wie einen Schatz und bewahre darin Kleinigkeiten auf, die mich an besondere Momente erinnern. So wie diesen. Albern, oder?«

»Gar nicht albern«, antwortet er.

Ich lächele und unsere Blicke versinken ineinander. Die Zeit steht still, und die Luft scheint zu knistern.

Plötzlich geht ein Ruck durch Eric, und er berührt mich am Arm. »Komm mit! Schnell, ich will dir was zeigen.«

# TIERISCH GUTE SICHT

*»Manchmal muss man erst*
*auf einen Gipfel steigen,*
*um klar sehen zu können.«*

– ERIC

Eric verlässt den Hauptweg und schlägt einen schmalen Pfad ein, der sich steil nach oben schlängelt. Gespannt folge ich ihm. Sträucher streifen mir gegen die Beine.

»Was willst du mir denn zeigen?«, will ich leicht besorgt wissen.

»Das siehst du gleich. Aber wenn ich es jetzt schon verrate, macht es die ganze Überraschung kaputt.« Er dreht sich um und blickt mich über die Schulter an. »Oder hast du etwa Höhenangst? Dann sollten wir das lieber bleiben lassen.«

»Das werden wir gleich rausfinden«, brumme ich. Schnaufend folge ich und zähle stumm die Steine, die mich in die Fußsohlen piksen. Der Felsen ist höher, als er von unten aussah. Wie Spiderwoman klebe ich am Stein, während mir Eric gut gemeinte Anweisungen zubrüllt.

»Ja, gut so. Ein bisschen weiter nach links. Da ist eine Mulde. Das andere links, prima.«

Ich ärgere mich, dass ich behauptet habe, mein Hobby wäre Klettern. »Mensch, kannst du mal die Klappe halten. Ich muss mich konzentrieren.«

Er ignoriert mich und sagt: »Komm, du schaffst das. Allez, allez! Ich glaube an dich.«

Mit zittrigen Armen und Beinen stehe ich endlich neben ihm.

»Okay, und was gibt es hier?« Ich greife nach der Wasserflasche in meinem Rucksack und kippe den Inhalt durstig in mich hinein. Bäh, die Brühe ist inzwischen ganz warm.

Eric macht eine ausholende Armbewegung. »Schau dir das an!«

Ich lasse den Blick schweifen und sehe den Weg, den wir hinaufgekommen sind. Bäume wachsen inmitten weißgrauer Granitfelsen. Ganz weit unten glitzert der Fluss im Sonnenschein. Das Wasser schlängelt sich zwischen tiefen Schluchten hindurch. Auf den hohen, grasigen Felsplateaus entdecke ich Ziegen mit gebogenen Hörnern. Vogelzwitschern liegt in der Luft. Es ist wunderschön, und ich atme tief ein. Dafür hat sich die ganze Mühe definitiv gelohnt.

»Wenn ich hier oben stehe, weiß ich, wie Robert Louis Stevenson sich gefühlt haben muss«, durchbricht Eric die Stille zwischen uns.

»Wer?« Ich habe keine Ahnung, von wem er spricht.

»Der Autor von dem Roman ›Die Schatzinsel‹. Er hat 1878 mit seiner Eselin Modestine die Cevennen bereist. 220 Kilometer in 12 Tagen. Und er hat darüber ein Buch geschrieben.«

»Ah ja!«, sage ich. »Und du willst mit Stella die Tour wiederholen?«

»Keine schlechte Idee«, meint er. »Wärst du dabei?« Forschend schaut er mich an, und ich spüre, wie mein Gesicht sich seiner Gesichtsfarbe anpasst. Feuerwehrautorot. »Ähm, ich weiß nicht. Da muss man dann doch im Freien campieren. Und da sind die Wölfe«, stammele ich.

Er tut meinen Einwand mit einem Schulterzucken ab. »War ja auch nur so eine Idee.«

Mit dickem Kloß in der Kehle sage ich: »Danke, dass du mir das hier gezeigt hast. Es ist wirklich wunderschön.«

Ein Lächeln erhellt seine Augen. Dann berührt er mich plötzlich am Arm. »Das ist es, was ich dir eigentlich zeigen wollte.«

Verwirrt blicke ich auf seine Hand. Es kribbelt, wo seine Finger mich berühren. »Was?«

»Der Gänsegeier. Da drüben.« Er deutet auf einen Felsen über uns.

Ich lege den Kopf in den Nacken und schaue hoch. In einem Baum putzt sich ein riesiger brauner Vogel mit schwarzen Flügelspitzen und puscheliger Halskrause das Gefieder. Ich wundere mich, dass der Ast, auf dem er hockt, nicht abkracht.

»Oh wow!« Ich bin völlig gebannt. »Der ist ja groß. Der könnte die arme kleine Ginsterkatze verdrücken, wenn er wollte.«

»Nur wenn sie tot ist. Er wiegt bis zu elf Kilo und frisst hauptsächlich Aas. Das können Gänsegeier aus großer Entfernung erkennen oder wittern. Flügelspannweite bis fast drei Meter«, erklärt Eric und fährt dann fort: »Die Bauern haben früher die Geier geschossen, weil sie dachten, dass sie die Tiere anfallen. Dabei fressen sie wirklich nur Aas. Sie sind so was wie das Aufräumkommando der Natur.«

»Ah, ähnlich wie Wespen«, sage ich. »Die beseitigen auch tote Tiere. Auch wenn viele sie hassen, ich mag Wespen. Ich hab eine Vorliebe für Außenseiter.«

»Genau. Ich auch. Faszinierende Tiere.« Eric schiebt sich eine Strähne hinters Ohr. Mir fällt auf, dass die Sonne goldene Punkte in sein Haar gemalt hat. »Inzwischen werden die Geier gefüttert und ihre Horste geschützt. Sonst könnten sie nicht überleben. Im Nationalpark gibt es noch weitere Arten wie Mönchsgeier und Schmutzgeier.«

Er schaut mich entschuldigend an. »Ich hoffe, ich langweile dich nicht.«

»Auf keinen Fall. Das ist das genialste Erlebnis, das ich bisher hatte«, gebe ich ehrlich zu.

Gemeinsam beobachten wir, wie der Geier abhebt und hoch zum Himmel aufsteigt.

»Atemberaubend«, hauche ich.

»Ja«, stimmt Eric mir zu, und einen Moment lang verfangen sich erneut unsere Blicke.

Mühsam reiße ich mich los. »Okay, lass uns gehen. Allmählich hab ich Hunger.«

»Einverstanden, aber erst hast du dir noch eine kleine Belohnung verdient. Das Geierfelsen-Abzeichen.«

»Was es alles gibt.« Ich grinse breit.

»Ja, nicht wahr? Und es tut sogar noch was gegen den Hunger. Hier, bitte.« Eric drückt mir etwas in die Hand.

»Was ist das?« Ich betrachte die Süßigkeit. Sie ist länglich, rosa, und der Schriftzug Malabar prangt darauf. Eine Katze hält den Daumen hoch.

»Ein magischer Kraftkaugummi«, antwortet er geheimnisvoll. »Für den Abstieg.«

Ich packe den Kaugummi aus und stecke mir den Streifen in den Mund. Hmm, Erdbeere.

Eric schnappt sich das Tattoo aus der Kaugummiverpackung, die ich unschlüssig in der Hand halte. »Hiermit verleihe ich dir feierlich das magische Malabar-Geierfelsen-Abzeichen.« Überrascht sehe ich zu, wie er Wasser über den Tattoo-Sticker gießt. »Darf ich?«

Gebannt nicke ich, woraufhin Eric mir das Bild aufs Handgelenk drückt. Wieder kribbelt meine Haut dort, wo seine Finger mich berühren. Als er fertig ist, ziert eine Katze meine Haut.

Er überträgt das Tattoo aus einer weiteren Verpackung auf seinen Arm, stopft sich den Kaugummi in den Mund und lässt eine Blase platzen. Dann stößt er mit der Faust gegen meine Hand. »Nun verbindet uns die magische Kraft der Katze.«

Ich nicke verlegen und laufe los, ohne zu wissen, wo ich hinmuss, außer, nach unten. Immer wieder werfe ich einen Blick auf mein Handgelenk. Das Tattoo fühlt sich an, als hätten wir ein besonderes Band geknüpft, wie ein Freundschaftssiegel. Oder ist es mehr? Will ich das? Nur, damit mir am Ende der Ferien das Herz bricht?

Lang kann ich nicht darüber nachdenken, denn Eric plaudert fröhlich über die verschiedenen Pflanzen und Tiere, die hier geschützt sind. Ich erzähle ihm im Gegenzug von den Schmetterlingen, die ich mal versucht habe, auf unserem Balkon zu züchten. Er kommentiert meine Bemühungen anerkennend, und sein Lächeln freut mich mehr, als es sollte.

Doch je lauter das Rauschen des Wasserfalls wird, desto stiller wird er. Mehrmals drehe ich mich zur Seite, um mich zu vergewissern, dass Eric noch da und nicht in irgendein Loch gefallen ist.

Schließlich teilt sich der Wald und gibt den Blick auf eine Felsformation und den Wasserfall frei. Er rauscht donnernd eine bestimmt hundert Meter hohe Wand hinunter in ein steinernes Becken, in dem sich das blaugrüne Wasser sammelt. Als hätte jemand einen Weg gelegt, ragen darin platte Felsen auf, die zum anderen Ufer führen. Dort haben sich die anderen Leute aus unserer Gruppe bereits eingefunden. Ihre Stimmen dringen zu uns herüber. Einige schwimmen in dem natürlichen Pool unterhalb des Wasserfalls. Offenbar sind wir die Letzten.

»Hat der Wasserfall einen Namen?«, will ich wissen, während wir über die Felsen balancieren.

»Wie bitte?« Wie es scheint, ist Eric in Gedanken meilenweit entfernt gewesen. Unwillkürlich frage ich mich, woran er gedacht hat. Ich wiederhole meine Frage.

»Ach so, ja. Der Wasserfall heißt *cascade de la tortue*, der Wasserfall der Schildkröten.«

»Witziger Name«, sage ich. Die Sehnsucht, meine schmerzenden Füße abzukühlen, wird fast übermächtig. »Ich hätte Lust, schwimmen zu gehen«, überlege ich. »Kommst du mit?«

»Ich …«

»Da seid ihr ja endlich, ihr Schnecken!« Leo läuft auf uns zu, bevor Eric seine Antwort beenden kann. »Wir warten schon eine Ewigkeit mit dem Essen auf euch.« Zu Eric gewandt meint er: »Hab ich es doch gewusst, dass ich dich meilenweit abhänge. Kommst du? Papa will mit dir reden.«

Ein Blick zur Seite verrät mir, dass Erics Miene versteinert. Ich höre ihn förmlich mit den Zähnen knirschen.

»Tut mir leid, dass wir so spät dran sind und du verloren hast.« Mich plagt das schlechte Gewissen. »Wäre ich am Geierfelsen nicht so langsam gewesen …«

»Quatsch!«, erwidert er grimmig. »Es geht hier nicht um Geschwindigkeit. Das ist Leos Ding. Ich hab bei diesem blöden Spiel von Anfang an nicht mitgemacht. Außerdem wollte ich dir den Geier zeigen.«

»Ihr wart am Geierfelsen, Tomatenkopf?«, mischt Leo sich ein und runzelt die Stirn.

»Ja, und das war supertoll!«, bestätige ich. Doch irgendwie ist die Stimmung verhagelt.

»Ich geh dann mal zu Olivia.« Eric hält den Beutel mit der Ginsterkatzenkacke hoch. »Und geb ihr das.«

»Okay«, sage ich. »Danke für die Kletterpartie. Das war ein unvergessliches Erlebnis!«

Eric nickt und läuft mit Leo davon. Ich winke, bevor ich merke, was ich da tue, und ziehe schnell die Hand ein. Wie peinlich.

Merle mustert mich forschend, als ich mich neben sie pflanze. »Hattest du eine schöne Zeit?« Sie drückt mir eins der Lunchpakete in die Hand, die Didier mit einem Esel nach oben gebracht hat. Wahrscheinlich gibt es also noch einen kürzeren Weg zum Wasserfall.

»Ja, wieso?« Zögernd erzähle ich ihr von der Kletterpartie und dem Geier. »Das war wirklich ein krasses Erlebnis. Und bei dir?«

»Oh, es war toll. Wir haben Hirsche beobachtet.« Sie schaut zu Leo, der inzwischen mit Eric bei seinem Vater steht. Während ich mein Sandwich auspacke, fängt Merle an, von Leo zu schwärmen. »Er ist wirklich ein Gentleman. Stell dir vor, er hat ...«

Ich höre nur mit halbem Ohr zu und kaue genüsslich das leckere und reich belegte Baguette. Faszinierend, wie gut selbst ein einfaches Käsebrot schmeckt, wenn man hungrig ist. Wie von selbst sucht mein Blick Eric. Sein Gesicht ist gerötet, und Leo feixt, während ihr Vater eindringlich auf die beiden einredet.

Oh weia, das sieht so aus, als hätte Eric wegen irgendwas Ärger. Wieso bloß?

Wenig später sehe ich, wie er wütend davonmarschiert. Kurz darauf ist er im Wald verschwunden, und ich kann ihn nicht mehr entdecken.

Was gut so ist, rede ich mir ein. Denn ich habe hervorragende Gründe, mich nicht auf einen Jungen einzulassen. Auch wenn er so nett ist wie Eric.

»... obwohl er ein ganz schönes Tempo vorgelegt hat«, sagt Merle. Sie rempelt mich an. »He, hörst du mir überhaupt zu?«

»Ja, klar«, erwidere ich. »Die Kurzfassung: Leo ist supertoll und schnell.« Merle grinst glücklich.

»Was hast du da?« Merle beugt sich zu mir und verdreht mir den Arm, um einen Blick auf mein Tattoo zu erhaschen.

»Nichts. Nur ein Kaugummibild. Eric hat das gleiche.«

»Ihr habt Freundschaftstattoos?« Merle klatscht begeistert in die Hände. »Oh, du magst ihn. Ich hab es gewusst. Du magst ihn.«

»Komm, lass uns baden gehen«, lenke ich schnell ab. Ich springe auf und streife die Klamotten ab, denn dieses Mal war ich so schlau, einen Bikini drunterzuziehen. Dann stelle ich mich mutig an den Felsen. Unter mir plätschert der Wasserfall in den See. Oha, ganz schön hoch. Alle Blicke richten sich auf mich, wie mir ein Kribbeln im Nacken verrät.

»Das traust du dich nicht!«, ruft Leo hinter mir.

Meine Füße krallen sich um den harten Fels, und mir wird ein wenig schwindelig. »Ist es denn sicher?«, rufe ich zurück. »Man soll nicht in unbekannte Gewässer springen.«

»So sicher wie 'ne Badewanne«, verkündet er. »Ich bin schon oft reingesprungen.« Leo drängt sich an mir vorbei und springt mit einem Angeber-Salto ins natürliche Becken.

»Und was ist jetzt mit dir?«, brüllt er, als er wieder auftaucht.

Die anderen fangen an, meinen Namen zu rufen und auffordernd in die Hände zu klatschen.

Merle kommt zu mir. »He, ich weiß, du bist ’ne gute Schwimmerin, aber du musst das nicht tun. Es ist doch egal, was die anderen denken. Wir können auch an der Seite runter und ins Wasser.«

»Danke, Merle. Ich weiß das. Aber ich will springen.« Irgendwie habe ich das Gefühl, ich müsste es mir beweisen. Und vielleicht will ich es auch tun, um Leo eins auszuwischen – weil er immer so gemein zu Eric ist. Ich werfe einen Blick auf mein magisches Tattoo. Die Katze lächelt mir zu.

Eric.

Seine Worte an der Felswand klingen mir noch in den Ohren. »Du schaffst das!« Plötzlich breitet sich eine wohlige Ruhe in mir aus, und ich habe das Gefühl, er sieht mir zu. Ich drehe mich jedoch nicht um, um das zu überprüfen.

Nach kurzem Zögern stoße ich mich ab. Ein Triumphgefühl macht sich in mir breit, als ich die Wasseroberfläche durchbreche. Stolz tauche ich auf und recke die Faust in die Luft. Ich höre die anderen jubeln, und ein Grinsen breitet sich auf meinem Gesicht aus.

»Na, damit hättest du nicht gerechnet«, sage ich zu Leo. Meine Arschbombe hat ihn voll erwischt.

Beim Planschen mit den anderen in dem herrlich kühlen Wasser vergesse ich meine Blasen und alles andere und hab einfach nur Spaß.

# EINE UNERWARTETE BEGEGNUNG

*»Warum gibt es für Gefühle eigentlich keine Gebrauchsanweisung?«*

– FEE

Am nächsten Morgen wache ich mit Vorfreude im Bauch und einem mörderischen Muskelkater auf. Boah. Ich begutachte meine Füße. Die Socken reiben an den Blasen. Wenigstens sind sie gleichmäßig an beiden Fersen verteilt. Schwerfällig humpele ich aus dem Zelt und blicke in ein Wunderland. Nebel hängt über dem Fluss und gibt ihm ein fast mystisches Aussehen. Still danke ich meinem Wecker dafür, dass er mich so zuverlässig aus den Federn geholt hat. Eric hat recht. Frühes Aufstehen lohnt sich.

Innerlich gebe ich mir einen Klaps. Nicht schon wieder an ihn denken. Dennoch halte ich verstohlen Ausschau nach Eric, aber wir begegnen uns den ganzen Tag nicht. Alex und Sandra machen nach dem Frühstück mit uns einen Ausflug ins Dorf, wo wir die Rangerstation besuchen und einen Crashkurs über die heimischen Tiere und den Naturschutzpark erhalten. Danach geht's in die örtliche Käserei, um uns über die Herstellung von Ziegenkäse aufklären zu lassen. Wir lachen viel, und ich verbringe eine tolle Zeit mit Merle, Hanna und den anderen.

Am Tag darauf bin ich mit Merle im Bienen-Team eingeteilt und vormittags damit beschäftigt, Honig zu ernten und Gläser zu etikettieren – was echt Spaß macht!

Eine leichte Brise streicht über meine Haut, und das Surren der Bienen wirkt irgendwie total entspannend auf mich. Tief atme ich die Waldluft ein. Es ist schon unglaublich, wie klar und rein sie ist.

Während ich arbeite, kann ich prima meinen Gedanken nachhängen. Dabei fällt mir auch auf, wie Koray sehnsüchtig immer wieder zu Merle schaut. Er tut mir fast ein wenig leid, denn meine Freundin merkt davon nichts. Sie schwärmt immer noch von Leo.

Wie ein Flummi hüpft mir Eric wieder in den Sinn. Irgendwie werde ich nicht schlau aus ihm. Sobald wir in der Gruppe etwas unternehmen, scheint er mich zu meiden wie eine Stinkmorchel. Wenn wir allein sind, ist er ganz anders. Mit ihm kann ich mich ganz normal unterhalten und rumalbern, als würden wir uns schon ewig kennen. Hat Merle recht? Habe ich mich in ihn verliebt? Die Gedanken fahren in meinem Kopf Karussell. Aber kann ich meinen Gefühlen trauen? Mag er mich genauso sehr wie ich ihn? Und selbst wenn Eric und ich auf einer Wellenlänge sind, gibt es noch einen weiteren Haken: Ich reise schon bald wieder ab. Ein Urlaubsflirt ist von vornherein zum

Scheitern verurteilt. Daraus kann nichts werden. Nein, es ist besser, wenn ich mir Eric aus dem Kopf schlage, bevor er all meine Gedanken beherrscht. Oh Mann, warum gibt es für Gefühle keine Gebrauchsanweisung?!

»Schluss!«, sage ich laut. »Verschwinde!« Ich schüttele heftig den Kopf und ernte einen irritierten Blick von Merle.

»Da war eine Biene!«, sage ich schnell und zucke mit den Schultern.

Nach dem Mittagessen hakt sich Merle bei mir ein. Auf dem Weg nach draußen schnappe ich mir einen Brause-Lolli vom Büffet.

»Kommst du mit zum Fluss? Leo will mir zeigen, wie man auf den Boards im Stehen paddelt.«

»Vielleicht komme ich später nach«, sage ich ausweichend. »Ich will euer junges Glück nicht stören.«

»Ooh, du bist so süß. Aber ich durchschaue dich.« Sie wedelt mit dem Zeigefinger vor meiner Nase rum. »Du willst dich auf die Suche nach Eric machen, stimmt's oder hab ich recht?«

»Weder noch.« Genervt rolle ich die Augen. In Merle steckt echt eine Hellseherin. Sie kennt mich einfach zu gut. »Ich will nur einen Moment Pause.«

»Bist du sicher, dass jetzt der richtige Moment für einen Eremiten-Anfall ist?«, hakt sie nach. »Der Kerl steht auf dich. Das sieht man. Er hat Ärger in Kauf genommen, nur um dir einen Geier zu zeigen.«

»Waaas? Wieso hat er wegen mir Ärger bekommen?« Ich komme mir vor, als hätte sie mir ein Brett vor den Kopf geschlagen.

»Koray hat es mir im Vertrauen erzählt. Er stand gestern ganz in der Nähe, als Leos Vater Eric beim Wasserfall abgekanzelt hat. Angeblich war er nicht begeistert, dass er mit dir auf den Felsen geklettert ist, weil das zu gefährlich ist.«

»Leo, die alte Petze«, stöhne ich. »Wir haben ihm beim Wasserfall von den Geiern erzählt, und er hat anscheinend nichts Besseres zu tun, als Eric damit Ärger zu machen.«

»Ja, kann sein.« Merle zwirbelt ihre Haare. »Aber das war noch nicht alles. Obendrein ist Stella auf Wanderschaft gegangen, weil Eric das Tor angeblich nicht richtig geschlossen hat.«

»Niemals! Das kann ich mir nicht vorstellen.«

»Ja, Eric hat auch seine Unschuld beteuert. Es war ein Drama. Leo und Eric haben sich gegenseitig die Schuld zugeschoben, und nun herrscht Eiszeit zwischen den beiden.«

»Kein Wunder«, stelle ich fest.

»Ja, aber auch wenn ich nicht weiß, ob das nicht alles nur eine Menge Klatsch und Tratsch ist, bei einem bin ich mir sicher: Eric mag dich.«

»Ja, kann sein. Wir kommen ganz gut miteinander aus.«

»Ich meine, er mag dich sehr. Das verrät mir das Tattoo.« Sie deutet auf mein Handgelenk.

Verlegen reibe ich drüber, und das schlechte Gewissen plagt mich. »Ja, vielleicht findet er mich gut. Aber ich will nichts von ihm.«

»Warum denn nicht? Er ist doch ganz niedlich. Auch wenn er mir zu tollpatschig ist. Und auch etwas zu nerdig.« Sie zwinkert mir zu.

»Außerdem merke ich doch, wie du ihm immer wieder verstohlene Blicke zuwirfst. Und er dir. Ihr scheint gut zueinander zu passen.«

»Ja, genau. Deshalb geht er mir auch immer aus dem Weg, sobald wir in der Gruppe sind.«

»Ja, stimmt. Das ist mir allerdings auch schon aufgefallen.« Merle tippt sich mit einem Finger ans Kinn. »Noch ein Beweis dafür, dass er womöglich mehr will, als nur ein Freund sein. Die Frage ist, willst du das auch?«

Merle hat echt verdrehte Gedankengänge. Und das stelle ich auch gleich klar. »Auf keinen Fall. Selbst, wenn da mehr wäre, denk doch nur mal an die Entfernung. Er wohnt in Frankreich, schon vergessen?«

»Oh weia, warum musst du immer alles so kompliziert machen?« Merle stützt die Hände in die Hüften. »Fee. Das Thema hatten wir doch schon mal. Genieß den Augenblick und guck einfach, was draus wird.« Sie schaut zum Fluss, und ich ahne, was – oder besser wen – sie sucht. »Aber in jedem Fall solltest du dir darüber klar werden, was du willst, und reinen Tisch machen. Damit sich der Typ keine vergeblichen Hoffnungen macht.«

Damit trifft sie einen wunden Punkt. »Ja, du hast recht. Ich glaub, ich geh ein bisschen spazieren.«

»Spazieren oder suchen?«, fragt sie schelmisch.

Ich verdrehe genervt die Augen. »Du kannst ja mitkommen, wenn du willst.«

Merle zieht eine Schnute. »Danke, ich verzichte. Mir reicht die

Wanderung von gestern. Ich hab immer noch Blasen an den Füßen.« Sie mustert mich forschend. »Es sei denn, du willst, dass ich mitkomme.«

»Nein, schon in Ordnung«, wiegele ich ab, denn am Fluss wartet Leo bereits auf sie. In roter Badeshorts und ohne T-Shirt. Dafür mit einem Paddleboard vor sich. Das pumpt er gerade auf. Ich will ihr das Date nicht vermasseln. »Ich verspreche, ich komme später nach.«

Winkend kratze ich die Kurve und überlege kurz, ob ich mich im Zelt hinlegen soll, um ein bisschen zu lesen. Meine Füße schlagen jedoch wie an unsichtbaren Fäden gezogen den Weg zum Eselgehege ein. Meine Gedanken kreisen um Eric, und sofort hab ich wieder ein schlechtes Gewissen. Zumindest entschuldigen sollte ich mich, dass er meinetwegen Ärger bekommen hat.

Als ich beim Gehege ankomme, ist Eric nicht zu sehen. Ich bemerke jedoch, wie Stella freudig i-aht und sich dann gegen die Schiebestange drückt, die das Gatter verschließt.

»Nein, meine Kleine, ich kann dich nicht rauslassen«, sage ich. Kurz wuschele ich ihr durch die struppige Mähne. Sie legt ihren Kopf an meinen Arm und streicht mit ihrem weichen Maul über meine Hand. »Weißt du vielleicht, wo Eric ist?«

Stella i-aht, dann stößt sie erneut mit dem Kopf gegen die Stange. Das Tor springt auf, und die Eselin galoppiert davon.

»Halt, bleib stehen!« Schnell schließe ich das Tor, damit die anderen Esel nicht auch abhauen. Dann sprinte ich Stella hinterher, doch schon bald habe ich sie im Wald aus den Augen verloren.

Atemlos bleibe ich stehen und schnappe nach Luft. Die Maronenbäume spenden angenehmen Schatten. Irgendwo neben mir rauscht der Fluss. Wo ist Stella bloß? Wenn sie sich öfters selbst rauslässt, sollte man dringend mal den Riegel am Tor austauschen.

Plötzlich höre ich einen Laut. Ein lang gezogenes »I-aah«.

»Stella!«, rufe ich. Langsam wallt Panik in mir hoch. Was ist, wenn Stella etwas passiert? Oh je, hoffentlich hat sie sich nicht verletzt! »Okay, Fee. Jetzt bloß ruhig bleiben. Du findest sie schon!«, rede ich mir gut zu.

Ich verlasse den Weg und laufe in den Wald hinein. Das Dickicht wird immer dichter, Dornen kratzen an meinen Armen und Beinen, aber von der kleinen Eselin keine Spur.

Weil ich sie auch nicht mehr höre, gebe ich irgendwann auf und beschließe, umzukehren und Hilfe zu holen. Verwirrt bleibe ich stehen. Verflixt! Von wo bin ich gekommen? Ich bin kreuz und quer gelaufen und hab keinen blassen Schimmer, wo es zum Camp geht.

Und da dämmert es mir: Ich hab mich verlaufen.

So was von komplett und völlig verlaufen.

War ja klar! Unangenehme Erinnerungen an den letzten Schulausflug werden wach, als ich die anderen verloren habe und plötzlich auf einer Kuhweide stand, wo mich der Stier ins Auge fasste. Hektisch drehe ich mich im Kreis. Aber rund um mich herum sind nur Bäume. Überall. Dicke, fette braune Stämme und oben ganz viel Grün. Und alle sehen gleich aus. Na toll!

Mit schwitzigen Händen hole ich mein Handy raus, doch auf dem

Display ist kein Balken zu sehen. Hoffnungsvoll halte ich das Telefon hoch in die Luft, fuchtele damit herum wie mit einem Schwert und laufe ein Stück hin und her. Doch es passiert nichts. Der Balken bleibt so unsichtbar, als hätte ihn Lord Voldemort höchstpersönlich weggezaubert.

»Jetzt bloß nicht in Panik verfallen, Fee!«, rede ich mir gut zu. »Hier gibt es keine Stiere, nur Vögel und Rehe!« Die Wölfe fallen mir ein, die Eric auf dem Weg zum Wasserfall erwähnt hatte. Waah! Denen möchte ich lieber nicht begegnen, auch wenn sie angeblich ungefährlich sind. Hektisch krame ich nach dem Kompass, den ich als Andenken an den Ausflug zum Wasserfall noch in der Tasche habe. Wie war das mit der Marschzahl noch mal? 28. Damit kommt man zum Wasserfall. Von dort aus würde ich den Weg sicher zurückfinden. Okay, dann los.

Ich schaue zu, wie sich die Nadel auf das große N einpendelt. Gut, jetzt weiß ich schon mal, wo Norden ist. Mehr allerdings auch nicht. Doppel-Verflixt! Ich brauche eine Karte, um die Gradzahl einzustellen, erinnere ich mich. Und jetzt?

Erschöpft lasse ich mich neben einem Baum auf den Boden sinken. Ich denke daran, was einem alles Schreckliches im Wald passieren kann – außer verhungern und verdursten. Zum Beispiel könnte ich mich in einen Ameisenhaufen setzen und lauter juckende rote Pusteln bekommen, oder wild gewordene Eichhörnchen bewerfen mich mit Kastanien, weil sie nicht wollen, dass ich an ihrer Ulme, Buche oder Weiß-der-Geier-was lehne. Oder aber ein sprichwörtlich böser

Wolf hat seine Kaninchendiät satt und findet es lecker, mal zur Abwechslung einen netten menschlichen Pausensnack wie mich zu fressen. So ein Wald ist ja schließlich so was Ähnliches wie ein Drive-in für wilde Raubtiere, und ich, der menschliche Burger, sitze mit Laubsalat garniert abholbereit am Kassenschalter.

Okay, Eric behauptet, dass Wölfe keine Menschen fressen, aber ich sehe mich trotzdem schon mit den Beinen aus dem Maul eines riesenhaft großen Wolfes baumeln.

Ich reibe mir die Augen.

»Fee, deine Fantasie geht mit dir durch!«, schimpfe ich mich. Offenbar verwirren die Natur und das viele Grün meine Sinne. Wird Zeit, dass ich hier rauskomme. Ich kann nur hoffen, dass sich bald jemand auf die Suche nach mir macht. Mit Merle kann ich aber erst mal nicht rechnen, so verliebt wie sie Leo vorhin angeschaut hat. Aber vielleicht ja mit Eric? Oder vielleicht auch lieber nicht …

»Hallo!«, rufe ich. »Hört mich jemand?«

Stille antwortet mir.

Womöglich muss ich noch ewig ausharren, bis mich jemand findet, wobei man dann vermutlich nur noch mein Skelett ausgraben würde. Ich seh's schon vor mir: Meine bleichen weißen Knochen schimmern sanft im Mondlicht und zwischen meinen Rippen haben sich haufenweise Krabbelkäfer und wuselige Würmer eingenistet. Ganz toll! Echt! Uärks!

Entschlossen stehe ich auf und laufe weiter, da höre ich plötzlich ein Rascheln. Irgendein wildes Tier schiebt sich durch die Blätter.

Erschrocken zucke ich zusammen. »Wah, tu mir nichts, Wolf, dann tu ich dir auch nichts.« Ich schließe die Augen, hole aus und verpasse dem Viech einen astreinen Kickboxing-Schlag, ehe es mich angreifen kann.

»Uggh!«, höre ich. Okay, das klingt irgendwie nicht nach Wolf ...? Verwirrt öffne ich die Augen und sehe, wie Eric den Abhang runterkullert. Unten angekommen, steht er auf und zupft sich ein paar Nadeln aus den Haaren. »Spinnst du?«, ruft er. »Warum schubst du mich?«

»Tut mir leid!«, erkläre ich und laufe schnell zu ihm. »Herrjemine, hast du mich erschreckt. Dir ist doch hoffentlich nichts passiert?« Ich hole kurz Luft. »Ich weiß, dass man die Wege nicht verlassen soll, aber ich wollte doch nur nach Stella suchen. Ich glaube, ich hab sie gehört, und dann hast du mich erschreckt.«

»Äh, Fee«, meint Eric.

»Ich glaub, ich bin für dieses Naturerlebnis wirklich nicht geeignet. Ich hab mir schon vorgestellt, wie ich hier total allein von einem Wolf gefressen werde. Ja, ich weiß, du sagst, Wölfe fressen keine Menschen, aber mal ehrlich, woher willst du das wissen ...«

»Äh, Fee ...« Eric tippt mir auf die Schulter, doch ich beachte ihn nicht. Ich bin viel zu aufgewühlt.

»Und selbst, wenn ich nicht vom Wolf gefressen worden wäre! Ich hätte hier tagelang ohne GPS rumlaufen müssen und wäre womöglich verhungert, weil ich nämlich keine Karte habe, und ohne Karte funktioniert das mit dem Kompass und der Marschzahl nicht, und ich wäre heldinnenhaft draufgegangen, weil ich nach einem Esel gesucht habe. Das würde dann auf meinem Grabstein stehen: ›Hier ruht Fee. Ein Esel wurde ihr zum Verhängnis.‹« Ich hole wieder kurz Luft und sehe empört, dass Eric zu kichern anfängt. Das Kichern wird lauter und steigert sich in schallendes Gelächter.

»Warum lachst du so blöd?«, frage ich.

Glucksend steckt er die Hände in die Hosentaschen. »Das habe ich dir schon die ganze Zeit sagen wollen«, meint er. »Ich weiß, wo Stella sein könnte. Komm, ich zeig dir den Weg.«

Ich recke den Hals und versuche, über seine Schulter zu linsen.

Er legt mir einen Arm über die Schultern, und plötzlich kribbelt es überall, als wäre ich tatsächlich in ein Ameisennest geraten. »Ich verrate niemandem, dass du ausgetickt bist und mich geschubst hast.«

»Ha, ha«, mache ich und blitze ihn an. »Nur, dass das klar ist: Ich muss nicht gerettet werden. Ich hätte auch allein aus diesem Wald gefunden«, behaupte ich einfach. »Du musst hier nicht den Prinzen spielen.«

»Oh nein, da ist er wieder, dieser Blick. Lass mich bloß leben und friss mich nicht, Glücksfee.« Der Blödmann verzieht das Gesicht, nimmt den Arm von meinen Schultern und greift sich an die Brust, als würde er sterben, dann prustet er los.

»Du bist wirklich ein Esel«, sage ich.

»Beleidige die armen Tiere nicht«, entgegnet er lachend.

Unwillkürlich lache ich mit.

»Okay, ich hab zwei Fragen: Erstens, was machst du hier eigentlich?«, will ich wissen. »Und zweitens: Wieso nennst du mich Glücksfee?«

»Zu zweitens: Weil das die Bedeutung deines Namens ist und weil es ein Glück ist, dass ich dich gefunden habe, bevor du im Wald zum Skelett verschimmelst. Autsch!« Er reibt sich den Arm, weil ich ihn angerempelt habe.

»Wie schon gesagt, ich musste nicht gerettet werden.«

»Natürlich nicht. Zu erstens: Ich bin geflüchtet. Ich brauchte Zeit zum Nachdenken.«

»Aha. Und über was denkst du so nach?«

»Über alles Mögliche«, antwortet er ausweichend. »Hilfst du mir, Stella zu suchen?«

»Ja, klar«, antworte ich. »Nimmst du die linken Bäume, ich die rechten und in einer halben Stunde treffen wir uns?«

»Nein, ich habe eine bessere Idee, wie wir sie schnell finden. Kommst du mit? Dazu müssen wir aber erst zu meinem Lieblingsplatz.«

»Okay.« Nun bin ich erst recht gespannt.

# Ein Baumstamm zum Verlieben

*»Merke: Man kann sich ein Mädchen nicht aus dem Kopf schlagen, indem man mit dem Kopf gegen einen Baum oder eine Tür läuft.«*

– LEO ZU ERIC

»Woher kannst du so gut kickboxen?« Eric geht voraus und findet zielsicher nach wenigen Schritten den Weg, nur um ihn gleich wieder zu verlassen.

»Selbstverteidigungskurs«, sage ich. »Entschuldige, dass ich dich umgehauen habe.«

»Ja, das hast du wirklich …«, sagt er. »Also, ich meinte damit natürlich, dass ich dich am Anfang umgehauen habe, jetzt du mich, also alles in Butter. Wir sind quitt. Jetzt können wir noch mal von vorn anfangen. *Salut*, ich bin Eric.« Er tippt sich an die Stirn. »Kein Prinz, nur ein einfacher Kerl, der Esel mag.«

»*Salut*«, antworte ich und verneige mich leicht. »Ich bin Fee, und ich suche einen Esel. Womöglich einen verletzten.«

»Keine Sorge, wir finden sie. Ich hab schon eine Ahnung, wo sie sein könnte.«

Wenig später sind wir am Ufer des Flusses. Eine kleine Kiesbank erstreckt sich vor uns. Ein Zelt steht darauf. Am anderen Ende ragt ein großer umgefallener Baumstamm ins Wasser wie ein Steg.

»Übernachtest du hier?«, frage ich erstaunt.

»Ja, ich brauche mal ein bisschen Abstand von der Familie.«

»Und das geht? Also, ich meine das Wildcampen? Ich dachte, das ist nur auf dem Campingplatz erlaubt, weil das hier ein Naturschutzgebiet ist.«

»Das stimmt auch eigentlich. Aber ich habe eine Sondererlaubnis der Ranger. Wegen meines Naturschutzprojekts. Ich beobachte Tiere für sie, schon vergessen? Und die meisten halten sich nicht auf dem Campingplatz auf.« Eric pflanzt sich auf eine Decke und kramt in seinem Rucksack.

Unschlüssig bleibe ich stehen. »Und was ist jetzt mit Stella?«

»Moment«, murmelte er. »Ah, da ist sie ja.« Er holt eine Drohne hervor und macht sie startklar. Ich beobachte, wie der Brummer surrend aufsteigt.

»Die Bilder werden von der Kamera aufs Handy übertragen«, erklärt Eric. »Kannst du es im Auge behalten?«

Ich nicke und starre auf das Display. Der Fluss ist zu erkennen, dann Bäume.

Schweigen breitet sich zwischen uns aus, während Eric sich aufs Fliegen konzentriert und ich mich aufs Schauen, doch das halte ich nicht lange aus. »Du hattest Stress mit deinem Vater?«, frage ich. »Wegen mir?«

Sofort wird Erics Miene hart. Ein Muskel zuckt in seiner Wange. »Er ist nicht mein Vater.«

»Okay. Ich wollte nicht …«, fange ich an, doch er unterbricht mich.

»Schon gut. Es war nicht nur wegen dir. Es war hauptsächlich wegen Stella. Sie ist ausgebrochen. Wieder mal. Und da ich für die Esel verantwortlich bin …« Die Drohne zuckt kurz in der Luft, was ich an dem verwackelten Handybild erkenne.

»Hast du mal überlegt, dass sie das Tor womöglich selbst öffnet?« Ich erzähle ihm von meiner Beobachtung. »Das Tor war fest zu, als ich zum Eselgehege kam. Sie hat den Riegel einfach hochgeschoben. Total geschickt. Mit der Nase.«

»Echt? Das würde einiges erklären.« Eric legt die Hände auf die Oberschenkel. »Weißt du, Esel suchen sich oft einen besonderen Freund aus, in dessen Gesellschaft sie sich wohlfühlen. Ohne die Nähe ihres Freundes fühlen sie sich unsicher. Und da ich Stella mit der Hand aufgezogen habe, bin ich so was wie ihr Ankerpunkt. Deshalb büxt sie aus und läuft mir nach wie ein Hund.« Er fährt sich durch die Haare. »Dabei hatte ich Leo in Verdacht, dass er sie rauslässt. Ich glaub, ich muss mich bei ihm entschuldigen.« Er seufzt abgrundtief. »Ausgerechnet!«

»Ihr vertragt euch wohl nicht so gut«, stelle ich fest.

»Sagen wir mal so: Es ist kompliziert.« Er hebt leicht die Mundwinkel. »Lass uns von was anderem reden.«

»Okay.« Soll mir recht sein. »Da!«, rufe ich plötzlich begeistert. »Ich glaube, da ist Stella!« Ich halte Eric das Handy hin. Und tatsächlich: Dort im Gebüsch bewegt sich etwas Graues. Er zieht die Drohne leicht nach rechts und plötzlich sehen wir, wie Stella genüsslich irgendwelche Blätter frisst.

»Diese Schlingeline!«, sagt Eric. »Ich fliege die Drohne zurück, dann können wir Stella holen. Oder willst du es mal versuchen?«

Ich nicke und lasse mir die Knöpfe an der Fernbedienung erklären. Die Drohne zappelt in der Luft, als er mir das Panel in die Hand drückt. Es ist gar nicht so leicht, meine Finger zu koordinieren. Ein Windstoß erwischt die Drohne, worauf sie in Schieflage gerät und trudelt. »Oh nein!«, entfährt es mir.

Eric reagiert blitzschnell. Er greift hinter mich und drückt seine Finger über meine. Die Drohne fängt sich wieder, doch nur kurz. Ich verharre wie vom Blitz getroffen. Unsere Blicke verfangen sich, und die Zeit bleibt stehen. Plötzlich wird mir bewusst, wie nah wir uns sind, und ich reiße die Hand weg, was die Drohne zum Absturz bringt. Sie landet auf dem Baumstamm, der ins Wasser ragt.

»Tut mir leid. Ich bin so blöd. Tut mir leid!« Erschrocken drücke ich ihm die Fernbedienung in die Hand. »Ich bezahl dir das natürlich.« Auch wenn ich keine Ahnung habe, wovon. Oh Mann, das kostet mich bestimmt jahrelanges Zeitungaustragen.

Verwirrt blickt Eric auf die Fernbedienung, dann zu dem abgestürzten Fluggerät. »Nicht schlimm. Die Dinger sind stabil.«

Er läuft rüber und balanciert über den Baumstamm zu dem Ast, in dem sich die Drohne verfangen hat. Geschickt fischt er sie heraus und begutachtet sie von allen Seiten. »Nichts passiert!«, ruft er, und mir fällt ein ganzes Gebirge vom Herzen. »Aber das hier musst du dir anschauen! Das ist so krass.«

Neugierig komme ich näher und sehe, was er meint. In dem hohlen Stamm haben sich nicht nur Pilze angesiedelt, die wie kleine Feenhäuschen das Äußere bedecken. Auch Hornissen haben ein kunstvolles Nest dazwischen gebaut. »Wie cool!«

»Ja, nicht wahr?«

Wieder schauen wir uns lange an. Ich senke den Kopf und denke an Merles Rat, reinen Tisch zu machen, damit ich die Zeit hier unbeschwert genießen kann.

»Eric, ich muss dir was sagen.« Ich hole tief Luft. Puh, das ist schwieriger als gedacht. Also dann ... Ich schlucke gegen den fetten Kloß in meiner Kehle an. »Ich mag dich. Und ich verbringe gern Zeit mit dir. Aber ich will dir keine falschen Hoffnungen machen.« Nach Verständnis suchend schaue ich in seine Augen. »Ich reise ja schon bald wieder ab«, fahre ich fort. »Und ich glaube nicht, dass ich einen Urlaubsflirt will.« Ich schlucke schwer. »Aber mehr kann aus uns nicht werden. Immerhin wohne ich sehr weit von hier entfernt. Vielleicht ist es daher besser, wenn wir uns nicht mehr sehen. Also, außer zu den Arbeitseinsätzen. Kannst du das verstehen?«

Eric nickt bedächtig. Er öffnet den Mund, schüttelt dann aber den Kopf. Mensch, jetzt sag was! Ist er sauer auf mich und denkt, dass er seine Zeit mit mir vertrödelt hat, weil es keinen Sommerflirt geben wird? Bei dem Gedanken wird mir trotz der warmen Sonne plötzlich kalt.

»Was ist mit unserem Sternen-Date heute Abend?«, sagt er endlich. Seine Stimme klingt dumpf.

Kurz überlege ich, aber dann gewinnt mein Herz die Oberhand über die Vernunft. »Okay, das können wir noch machen. Das ist ja eigentlich ein Arbeitseinsatz, wenn wir Tiere zählen.«

Eric fährt sich durch die Haare und steht auf. »Gut. Danke, dass du so ehrlich zu mir bist. Ich glaub, ich geh jetzt mal besser Stella holen, bevor sie wieder wegläuft.« Er deutet zum Wald. »Wenn du dort langgehst, kommst du auf den Weg. Der führt zurück zum Camp. Folge am besten der gelben Markierung auf den Steinen.« Er schnappt sich seine Drohne und läuft am Fluss entlang.

»Bis später?«, rufe ich ihm nach, doch ich bekomme keine Antwort.

Okay. Ich presse die Lippen zusammen. Ein tiefer Seufzer entweicht mir. Nun hab ich eigentlich, was ich wollte, aber irgendwie fühlt es sich nicht wirklich gut an.

# Sommerträumereien und Schmetterlingsgefühle

*»Wenn du denkst, es geht nicht schlimmer,*
*gibt es einen Hoffnungsschimmer.«*

– MERLE

Ich schaue Eric nach, bis er außer Sichtweite ist, bevor ich mich auf den Rückweg mache. Allerdings habe ich es nicht eilig und trödele ausgiebig herum. Irgendwie ist das Gespräch nicht so gelaufen, wie ich mir das vorgestellt habe. Ich werde das Gefühl nicht los, dass ich ihn tief verletzt habe. Allerdings blieb mir ja kaum eine andere Wahl, wenn ich mein eigenes Herz schützen will. Vielleicht gibt er mir heute Abend noch mal die Chance, die ganze Sache besser zu erklären. Auch wenn nicht mehr aus uns werden kann, will ich doch, dass wir Freunde bleiben. Er muss doch verstehen, dass mehr nicht geht. Wie soll das funktionieren? Schon in knapp drei Wochen reise ich wieder ab. Eric lebt fast tausend Kilometer entfernt. Vielleicht würden wir uns noch ein paar Nachrichten schicken, aber das Ganze würde ziemlich schnell einschlafen. Und dann sitze ich da mit gebrochenem Herzen und verheulten Augen. Nee, darauf hab ich keine Lust! Besser gar nicht erst was anfangen. Ach, verflixt! Warum muss nur alles immer so kompliziert sein?!

Als ich zurück zum Campingplatz komme, brennt an der Grillstelle ein Lagerfeuer, und Leo rührt in einem Suppentopf, der darüber hängt. Seine Haare sind nass, und er trägt immer noch kein T-Shirt. Koray sitzt auf einem Baumstamm bei Merle und spielt auf einer Ukulele. Leise singt er dazu, und ich finde, er hat eine wirklich schöne Stimme.

»Fee, da bist du ja!« Merle winkt mir zu. Ich setze mich zu ihr. »Hattest du Erfolg?«

»Ja. Und nein«, antworte ich leise. »Die Sache ist geklärt, aber ich glaube, jetzt ist er sauer auf mich.«

Sie legt einen Arm um meine Schulter. »Das tut mir leid. Kann ich dich irgendwie ablenken?«

Ich lächle matt. »Es geht schon. Wie war dein Nachmittag?«

Merles Gesicht leuchtet auf, und sie erzählt mir ausführlich, wie viel Spaß sie beim Paddle Boarding hatte. »Das musst du unbedingt auch ausprobieren«, endet sie.

»Suppe ist fertig!«, ruft Leo, und wir stellen uns an.

Verstohlen halte ich Ausschau nach Eric, doch ich kann ihn nirgendwo entdecken. Als ich an die Reihe komme, nehme ich all meinen Mut zusammen und frage Leo: »Hast du Eric gesehen?«

»Eric?« Er schöpft mir einen Löffel Suppe in den Teller aus Brotteig. »Der ist gerade eben zu seiner …« – er malt Anführungszeichen in die Luft –, »… Freundin gefahren. Ein Notfall. Sicher übernachtet er da und kommt erst morgen wieder.«

»Zu seiner … Freundin?« Plötzlich hab ich das Gefühl, der Boden schwankt unter meinen Füßen, als wäre er zur Rutsche geworden. Ein rauer Kloß sitzt mir im Hals.

»Ja, Clothilde. Da ist er immer mittwochs und donnerstags. Und heute. Wegen des Notfalls.« Leo verzieht das Gesicht und schöpft mir noch einen Löffel auf. »Willst du wirklich noch mehr?« Skeptisch mustert er mich. Die Brotschüssel ist voll bis zum Rand.

»Nein, danke!« Wie betäubt laufe ich weiter zum Baumstamm und bleibe unschlüssig stehen. Mir hat es den Appetit verhagelt.

Irgendwer stellt Musik an, die mir in den Ohren dröhnt. »He, Süße, was ist denn los?« Merle ist neben mir aufgetaucht und legt mir besorgt eine Hand auf die Schulter.

»Nichts. Bin bloß müde.« Ich stelle die Suppe auf den Baumstamm und laufe weg. Weg von dem Grillplatz, weg von dem Lärm, zu unserem Zelt. Dort flüchte ich mich in die kuscheligen Arme von Hasi und schluchze still in mich hinein. Was völlig schräg ist, denn eigentlich will ich ja nichts von Eric. Aber er hätte mir doch trotzdem sagen müssen, dass er eine Freundin hat. Was soll das? Warum lügt er mich an? Nein, er hat dich nicht angelogen. Nur etwas verschwiegen.

Es ratscht, und Merle steckt ihren Kopf ins Zelt.

»He, was ist denn los? Warum weinst du?« Fürsorglich nimmt sie mich in den Arm, und plötzlich bricht alles aus mir heraus.

»Und dabei hatte er die ganze Zeit eine Freundin«, schniefe ich, während Merle über meinen Rücken streicht.

»Hey, das klingt ja fast so, als ob du eifersüchtig wärst. Warst du nicht diejenige, die nur Freundschaft wollte?«, fragt Merle.

Ich zucke die Schultern. »Keine Ahnung. Ja. Vielleicht. Oder auch nicht. Ich weiß es nicht. Er bringt mich durcheinander. In seiner Nähe fühle ich mich ruhig. Nicht schüchtern oder zurückhaltend. Da wird es mir auch nie zu laut oder zu viel. Da kann ich sein, wie ich bin. Und kann herumalbern, ohne dass es peinlich ist.« Ich lächle leicht. »Fast so wie mit dir, nur … irgendwie kribbeliger.« Ich schnaufe.

In Merles Gesicht tritt ein seliger Ausdruck. »Oh, ich wusste es. Du bist verliebt. Du magst ihn. Du bist verliehiebt«, singsangt sie.

»Ja, mag sein. Aber trotzdem hätte er mir sagen sollen, dass er eine Freundin hat. Ich meine, das ändert doch alles.« Mir wird kochend heiß, als ich daran denke, wie ich mich am Fluss zum Lauch gemacht habe, weil ich angenommen habe, dass er mehr von mir wollte als Freundschaft. Himmel, wie peinlich!

»Ja, das hätte er wohl.« Merle klopft mir aufmunternd auf die Schulter. »Du solltest Eric suchen und dich mit ihm aussprechen.«

»Er ist nicht da.« Unser Sternen-Date fällt mir ein. »Wir wollten uns eigentlich treffen. Heute Abend um zehn, aber bei unserem Gespräch vorhin hab ich ihm gesagt, dass es wohl besser ist, wenn wir uns nicht mehr sehen, außer zu den Arbeitseinsätzen.«

»Hast du nicht«, sagt Merle fassungslos.

»Doch, leider«, erwidere ich unglücklich. »Und Leo hat ja gerade gesagt, dass Eric bei seiner Freundin übernachtet und heute nicht mehr zurückkommt.« Ich spüre, wie der Kloß in meinem Hals auf Felsbrockengröße anschwillt. Vielleicht bin ich ja doch eifersüchtig.

»Gut«, sagt Merle. »Dann redest du eben morgen mit ihm. Habt ihr nicht zusammen Müll-Fischdienst?«

»Ja.« Ich greife zu meinem Kuschelhasen und drücke ihn an mich. »Aber hat das überhaupt noch einen Sinn? Ich meine, er hat mir seine Freundin verschwiegen.«

»Ja, mag sein.« Merle kaut auf ihrer Unterlippe. »Aber irgendwie passt das doch gar nicht zu Eric. Er wirkt auf mich nicht wie ein Lügner. Und ich bin ziemlich sicher, dass er dich sehr mag. Mein Amor-Radar trügt mich nie.« Sie tippt sich an die Nase. »Und genau deshalb solltest du ihn zur Rede stellen und der Sache auf den Grund gehen.« Sie drückt mir die Hand. »Das musst du tun, schon damit du ihn endgültig aus deinem Kopf bekommst und dir nicht ständig Gedanken machst, was hätte sein können.«

»Womöglich hast du recht.« Mein Blick fällt auf das abgeschabte Tattoo an meinem Handgelenk. Ein Zeichen, dass es auch mit unserer Freundschaft zu Ende ist, weil er mich angelogen hat?

Hey, es war sowieso nur eine Freundschaft mit Ablaufdatum, sagt mir eine innere Stimme. Bald siehst du ihn sowieso nie wieder.

Während Merle schläft, hole ich einen Streifen Malabar-Kaugummi aus meiner Hosentasche und stopfe ihn in mein Marmeladenglas. Diese schöne Erinnerung kann mir zumindest niemand nehmen.

# Kajaktour mit Otter

*»Überraschungen sind das Salz in der Suppe des Lebens. Aber ohne Salz lebt es sich auch ganz gut.«*

– FEE

»Bereit?«, ruft Eric mir zu. Er steht neben zwei Tonnen vor einem Zweisitzer-Kanu und sieht ungeheuer munter und frisch aus. Das Kanu ist angemalt wie ein kleines grünes Krokodil.

»So bereit, wie man um sieben Uhr morgens in den Ferien sein kann«, grummele ich und versuche, mir meinen Kummer nicht anmerken zu lassen. Ich bin froh, dass er sich hat blicken lassen, aber ich hab auch ein bisschen Bammel vor dem notwendigen Gespräch, das wir führen müssen. Ich will wissen, warum er mir Clothilde verschwiegen hat. Das verblasste Tattoo der Malabar-Katze, das ich auf seinem Arm erkenne, gibt mir Kraft.

»Wir müssen früh los, für später ist Regen gemeldet. Hitzegewitter«, erwidert Eric. »Und wir haben ein paar Kilometer vor uns. Hier, die ziehst du besser an.« Er wirft mir mit Schwung eine Schwimmweste zu.

Ich schlüpfe hinein, und er überprüft, ob sie richtig sitzt. Dabei kommen wir uns so nahe, dass mir jetzt schon heiß wird.

Eric räuspert sich und verstaut meinen Rucksack in einer wasserdichten Tonne. Dann wuchtet er beide in den Fußraum.

»Ich hab gestern auf dich gewartet«, sagt er leise. »Zwei Stunden. Am Fluss. Wir waren verabredet. Unser erstes und letztes Date. Du bist nicht gekommen.« Er tut so, als ob ihm etwas einfällt. »Oh, stimmt ja. Du hast mir gesagt, dass du nur noch zu den Arbeitseinsätzen mit mir zu tun haben willst. Mein Fehler.«

»Ja, und das hat einen guten Grund. Leo …«

»Lass mal stecken. Ich will es nicht hören.« Er wendet sich ab. »Je eher wir fertig werden, desto eher musst du meine Nase nicht mehr sehen. Und ich sorge dafür, dass wir auch keine gemeinsamen Arbeitseinsätze mehr haben werden.«

Okay, offenbar habe ich ihn sehr verletzt. Dennoch kocht Wut in mir hoch. Wer ist denn hier derjenige mit der Freundin?

»Okay.« Eric steigt in das Boot. »Kommst du, oder soll ich allein los? Das ist zwar schwieriger, aber zur Not schaffe ich das ohne dich.«

»Nein, ich erfülle meine Verpflichtungen.« Hoheitsvoll steige ich in das Boot auf den vorderen Sitz, damit er steuern kann.

Er schiebt uns an. Das Boot schaukelt, als er hineinspringt. Die Sonne malt glitzernde Funken aufs Wasser, als wir langsam über den Fluss schippern.

»Du darfst mir übrigens gern beim Paddeln helfen«, sagt Eric hinter mir.

»Oh ja, natürlich.« Mit bestimmt knallroter Birne tauche ich mein Paddel ins Wasser. Beim Rausziehen spritze ich das Wasser so hoch, dass es uns nass regnet.

»Ey!«, höre ich ihn brummen. »Der Fluss ist kein Kochtopf. Du sollst nicht rühren, sondern ziehen.«

»Okay«, sage ich und beiße die Zähne zusammen. Ganz schön anstrengend. Es dauert eine Weile, aber dann habe ich den Dreh raus.

Doch da ist immer noch diese ungeklärte Sache zwischen uns. Ich beschließe, klar Schiff zu machen und Eric zur Rede zu stellen. »Wie geht es Clothilde?«

»Clothilde?« Er klingt erstaunt, und ich spüre förmlich, wie sich sein Blick in meinen Rücken bohrt.

»Ja, deiner Freundin. Ich weiß Bescheid. Also kannst du bitte auf meine Frage antworten?«

»Also schön. Die Antwort lautet: Es geht ihr gut. Sie hat mich zweimal beim Memospiel abgezogen und mir stolz verkündet, dass sie jetzt aufs Töpfchen geht.«

»Aufs Töpfchen?« Nun bin ich völlig verwirrt.

»Sie ist drei. Ich war gestern Abend zum Babysitten bei Olivia. Eigentlich helfe ich ihr mittwochs und donnerstags, wenn sie zur Fortbildung geht. Aber ihr Freitags-Babysitter ist ausgefallen. Trotzdem war ich rechtzeitig zu unserer Verabredung zurück.«

»Oh!«, sage ich. Und dann noch mal leiser: »Oh.«

»Und jetzt du: Warum bist du nicht gekommen?« Seine Stimme klingt kratzig. »Obwohl du es versprochen hast.«

Ich seufze abgrundtief. »Na ja, Leo meinte, du übernachtest bei deiner Freundin. Und du hattest mir nicht auf mein ›Bis später?‹ geantwortet …«

»Leo!«, knirscht Eric hinter mir. Er holt tief Luft. »Ehrlich, ich bin enttäuscht, dass du nicht da warst – und offenbar annimmst, ich würde dich anlügen.« Seine Stimme klingt heiser, doch ich drehe mich nicht um. In seinen Worten schwingt so viel mehr mit, was ich nicht deuten kann.

»Das tut mir so leid. Wenn ich gewusst hätte …«

»Ja. Hätte, hätte, Fahrradkette.«

Stille breitet sich zwischen uns aus. Nur das Gezwitscher der Vögel und das leise Rauschen des Wassers sind zu hören. Ich ärgere mich über mich selbst, dass ich auf Leos schlechten Scherz reingefallen bin. Eigentlich hätte ich es ahnen können. Die Anführungszeichen in der Luft fallen mir ein, und ich seufze leise. Damit habe ich mir unser letztes mögliches Date vermasselt und womöglich sogar mehr.

»Wie lange fährst du schon Kanu?«, will ich irgendwann wissen, auch um mich abzulenken.

»Mein ganzes Leben lang«, antwortet Eric. »Aber das hier ist ein Kajak.«

»Was ist der Unterschied?«, frage ich.

»Die Form und die Paddel«, erklärt er. »Kanus sind offen und du hast ein Stechpaddel, beim Kajak nutzt man Doppelpaddel.« Er deutet auf die beiden Flossenenden. »Und es gibt ein Verdeck. Dadurch sind wir vom Wasser gut geschützt. Die Stellen, die wir fürs Plogging ausgesucht haben, sind zwar Anfängerströmungen, aber sicher ist sicher.«

»Plogging?«, hake ich nach.

»Ja, der Trend kommt aus Dänemark, das Wort aus Schweden, von plocka. Das bedeutet so viel wie pflücken. So nennen sie es, wenn sie beim Joggen Müll auflesen. Wir pflücken quasi den Müll vom Fluss, und ich fotografiere das dann für meinen Blog. GreenKayaking ist voll in.«

»Krass. Aber wieso gibt es hier so viel Müll? Die Leute sollten doch wissen, dass man nichts in der Natur zurücklässt. Ist das nicht ein ungeschriebenes Gesetz unter Natursportlern?«

»Sollten sie, tun sie aber nicht. Vor allem in der Hauptsaison ist es schlimm, wenn viele Menschen auf dem Fluss unterwegs sind. Das ist gefährlich für die Tiere. Wenn die den Müll fressen oder sich darin verfangen, können sie sterben. Du wirst staunen, was wir alles auflesen. Mein schrägster Fund war eine Stehlampe.«

Erneut breitet sich Schweigen zwischen uns aus, und mir läuft unwillkürlich ein Schauer über den Rücken. Zu gern wüsste ich, was Eric denkt. Es nervt, dass ich sein Gesicht nicht sehen kann. In meinem Kopf kreiselt die Frage, ob er wirklich unverzeihlich wütend auf mich ist, weil ich unser Treffen hab sausen lassen, oder ob es ihm nicht doch wenigstens ein kleines bisschen gefällt, mit mir unterwegs zu sein.

Irgendwann halte ich das Schweigen nicht länger aus. Gerade will ich ihn fragen, ob er solche Mülltouren öfter macht, da ruft er: »Gleich erreichen wir die ersten Schnellen. Kann sein, dass wir unter Wasser auf Prallwände treffen. Wichtig: falls wir kentern, Kopf einziehen und mit den Händen schützen.«

»Das ist ein Scherz, oder?« Ich drehe mich um. Er schüttelt den Kopf.

»Wie beruhigend.« Die Strömung erfasst uns, und gleich darauf komme ich mir vor wie in der Waschmaschine. Oder in der Wasserrutsche im Freizeitpark – im positivsten Sinne! Das Boot hüpft in die Luft, Wasser spritzt hoch, und mir kleben die Haare im Gesicht. »Juchhu, das macht Spaß!«, johle ich. Erneut linse ich über die Schulter und glaube, noch den Hauch eines Lächelns in Erics Miene zu erkennen.

»Müll Backbord!«, rufe ich wenig später.

»Steuerbord«, erwidert er. »Backbord ist links. Die Tüte schwimmt aber rechts.«

»Hat dir schon mal einer gesagt, dass ständiges Besserwissen unsympathisch macht«, grummele ich.

»Ja, öfter. Aber weißt du was, ist mir egal, solange ich recht habe.« Nun klingt er eingeschnappt.

Während Eric uns näher ran steuert, angle ich mit der Zange nach der Plastiktüte, die im Wasser treibt, und fische sie raus. »Das ist so eine Schweinerei«, meckere ich. »Warum nehmen die Leute ihren Kram nicht wieder mit?«

»Es gibt ja nicht nur so große Teile, sondern auch Mikroplastik. Das ist zum Beispiel in Shampoo, Zahnpasta, Kosmetik und Waschmittel drin. Es ist nachgewiesen, dass viele Fische das bereits im Blut haben. Und die essen wir dann. Das ist so, als ob du die Folie vom Bonbon mitessen würdest.«

»Igitt. Jetzt verstehe ich, warum auf dem Campingplatz nur feste Bio-Seife erlaubt ist.«

Eric schweigt dazu, also beschließe ich, ihn aus der Reserve zu locken. »Ist es denn mit deinen Prinzipien überhaupt vereinbar, dass ihr hier einen Campingplatz betreibt?«

»Gute Frage.« Er seufzt. »Das ist auch ständig Thema in unserer Familie. Ich mag keine halben Sachen und finde, man sollte die Natur sich selbst überlassen, allenfalls pflegen. Wir hatten hier mal Urwälder, die ein Paradies für die Pflanzen- und Tierwelt sind. Didier, mein Bonusvater ...« – er verändert den Tonfall, als male er Ausführungszeichen in die Luft – »... möchte den Campingplatz ausbauen. Und Leo ist natürlich seiner Meinung. Er behauptet, nur wenn die Menschen die Schönheit der Natur erleben, kann man sie davon überzeugen, sie auch zu schützen.«

»Sieht ihm ähnlich«, brumme ich.

Die nächste halbe Stunde vergeht erneut in Stille. Trotz des klärenden Gesprächs herrscht zwischen uns immer noch spürbar dicke Luft, so aufgeladen wie vor einem Gewitter. Wie es scheint, habe ich Eric mit meiner gestrigen Ansage, uns nur noch zu Arbeitseinsätzen zu sehen, ziemlich vor den Kopf gestoßen. Und inzwischen zweifle ich selbst daran, ob ich mich darauf beschränken will. Unsere vertrauten Gespräche, die Lockerheit zwischen uns, die kleinen Neckereien vermisse ich sehr. Kurz überlege ich, ob ich einen erneuten Versöhnungsversuch starten soll, aber da erreichen wir schon die nächste Stromschnelle, und ich brauche meine Konzentration, damit wir nirgendwo anecken.

»Puh, das war knapp«, sage ich, als wir wieder in ruhiges Wasser gelangen.

Eric gibt einen brummigen Laut von sich.

Ziemlich schnell haben wir ganz schön viel Müll zusammen. Die Abfalltonne unter dem Verdeck füllt sich.

»Hey, hörst du das auch?« Ich halte mit Paddeln inne und spitze die Ohren. Irgendwo fiept was. Ich kneife die Augen zusammen und scanne den Fluss. »Oje, der arme Otter.« In der Mitte des Gewässers ragt ein Felsen auf. Darauf entdecke ich etwas Braunes. Das kleine Tier hat sich in einer Angelschnur verfangen.

»Verdammte Idioten!«, flucht Eric hinter mir. Mit schnellen Zügen paddelt er zu dem Stein. Das ist gar nicht so einfach, denn davor kreiselt ein Strudel. »Kannst du uns sichern?«, fragt er. »Also mit dem Paddel auf Kurs halten? Ich versuche, den Otter zu fassen zu bekommen, um ihn aus der Schnur zu befreien.«

»Okay«, sage ich. »Aber pass bloß auf! Ich glaub, die haben ziemlich spitze Zähne.«

Während ich versuche, das Kajak auf der Stelle zu halten, zieht Eric eine Decke aus seinem Rucksack und wirft sie dem Otter über. Innerhalb weniger Sekunden hat er das zappelnde Tier von dem Stein gefischt. Vorsichtig versucht er, die Angelschnur mit seinem Taschenmesser zu lösen, die sich um ein Bein des Otters gewickelt hat. Das gefällt dem Otter überhaupt nicht. Er quiekt empört. Kaum ist der letzte Faden gelöst, entwischt das Tier. Leider über meine Schulter.

»Waaah!« Ich erschrecke mich und verreiße kurz das Ruder. Der Strudel fängt uns ein, und plötzlich prallen wir erst gegen eine Wasserwand und dann gegen die Felsen.

»Gegensteuern!«, brüllt Eric. Doch da schwappt die Stromschnelle schon ins Boot, und wir bekommen Schieflage. Das Kajak kippt, und wir platschen ins Wasser. Wie Eric es mir geraten hat, reiße ich die Arme schützend über den Kopf, während ich untergehe. Ich sehe noch, wie das Kajak an den Felsen knallt und Eric eins der Paddel auf den Kopf bekommt. Vermutlich meins.

Prustend durchstoße ich die Oberfläche und schaue mich nach ihm um. Er ist nirgendwo zu sehen. »Eric!« Ich brülle mir die Kehle aus dem Hals. Bitte tauch auf, bitte!

# CAMPEN FÜR FORTGESCHRITTENE

*»Wie wichtig etwas für einen ist, weiß man oft erst, wenn man es zu verlieren droht.«*

– FEE

Ich taste blind durchs Wasser und berühre Schultern, dann Hände. Da ist Eric. Erleichterung durchflutet mich. Fest ziehe ich ihn hoch. Unser Kajak ist inzwischen den Fluss weiter hinuntergeschippert. Na, prima!

»Hab dich!«, sage ich, doch ich bekomme keine Antwort. Mein Herz klopft heftig, als ich die Schritte ausführe, die ich im Rettungsschwimmkurs gelernt habe. »Ich zieh dich jetzt an Land«, sage ich, obwohl ich nicht weiß, ob er mich hören kann. Ich fasse ihn unter den Schultern, achte darauf, dass sein Kopf über Wasser bleibt, und schwimme mit kräftigen Zügen in Richtung Ufer. Das ist schwieriger als gedacht, denn die Strömung hat es hier in sich. Ich keuche vor Anstrengung, aber ich gebe nicht auf. Erschöpft erreiche ich den kiesigen Strand. Nur kurz gönne ich mir eine Pause und taste mich ab – offenbar bin ich, bis auf ein paar Schrammen, unverletzt. Dann schaue ich nach Eric.

Er stöhnt leise, als ich ihn vorsichtig an der Schulter berühre. »Alles in Ordnung?«, frage ich, doch ich bekomme keine Antwort.

Kurz zögere ich, aber es geht hier schließlich um ein Menschenleben. Ich drehe Eric auf den Rücken, überstrecke seinen Kopf und beuge mich über ihn. Dann halte ich seine Nase zu und presse meine Lippen auf seine.

Ein Gurgeln entweicht seiner Kehle, dann fängt er an zu zappeln. »Was machst du denn?«

»Nach was sieht es denn aus?«, erwidere ich.

»Annäherungsversuche?« Er grinst mich matt an.

»Ja, genau. Mensch, du kannst doch nicht einfach untergehen.« Ich falle ihm um den Hals, und er vergräbt seinen Kopf in der Kuhle an meiner Schulter. »Hände zum Schutz über den Kopf nehmen, musst du auch noch mal üben.«

»Ja, wäre möglich. Ich glaub, du hast mir das Leben gerettet. Wie Arielle dem Prinzen«, sagt er gedankenverloren. »Ich stehe in deiner Schuld.«

»Bist du wirklich okay?«, hake ich nach.

»Ja, es geht schon. Wo ist das Kajak?«

»Auf Kajaktour, nur leider ohne uns. Hast du eine Ahnung, wo wir sind?«

Er schaut sich um. »Vermutlich ungefähr zehn Kilometer vom Campingplatz und ungefähr acht Kilometer vom nächsten Dorf entfernt.«

»Na prima. Das heißt, wir sind hier mitten im Nirgendwo.« Ich springe auf, weil ich am Rand des Ufers eine Tonne entdecke, die sich dort in einem Strauch verhakt hat. Ich hole sie rasch und hoffe, dass es nicht die Abfalltonne ist. Ich hebe den Deckel hoch und schaue hinein. Unsere Rucksäcke sind darin. »Uff, zu essen und zu trinken haben wir«, sage ich, als ich die Tonne zu Eric schleife.

»Du tust ja so, als wären wir auf einer einsamen Insel gestrandet. Wenn wir dem Fluss folgen, kommen wir wieder zum Camp. Aber es wird sicher eine Weile dauern.« Eric steht auf, doch er knickt gleich wieder ein. »Autsch, merde!« Er setzt sich. »Ich fürchte, du musst ohne mich los.«

»Kommt ja überhaupt nicht in die Tüte«, erwidere ich und stehe auf. »Zeig mal.«

Ich knie neben ihm nieder und spüre, wie er sich unwillkürlich anspannt. Das Knie ist von Schrammen übersät und blutet. »Oje, das sieht nicht gut aus …« Ich hole meine Wasserflasche und säubere die Wunde. »Hast du in deinem Rucksack ein Erste-Hilfe-Set?«

»Danke, nicht nötig. Ich trage meine Piratennarben mit Fassung. Und ohne Pflaster.«

Donner rumpelt über uns hinweg. »Wo kommt das jetzt her?«

Eric blickt besorgt zum Himmel. Graue Wolken haben sich wie aus dem Nichts aufgetürmt. »Das Wetter kann hier schnell umschlagen. Und es waren Hitzegewitter gemeldet. Wir sollten uns einen Unterschlupf bauen. Oder besser gleich eine Höhle suchen. Ganz in der Nähe müsste eine sein, wenn ich mich nicht irre.« Er deutet mit dem Daumen hinter sich. »Hilfst du mir mal?«

Ich verharre untätig. »Also, ich weiß nicht. Ich denke, wir sollten bleiben, wo wir sind. Das ist die erste Regel, wenn man sich verirrt.«

»Nur, dass noch keiner weiß, dass wir gekentert sind. So schnell wird niemand nach uns suchen. Schon gar nicht im Gewitter. Die werden denken, wir haben uns irgendwo untergestellt. Und das sollten wir auch dringend tun.« Ein Blitz zuckt über den Himmel. »Ob es dir gefällt oder nicht, du wirst eine Weile mit mir hier ausharren müssen.« Eric legt den Kopf schief und schaut mich abwartend an. »Also?«

Ich greife mir unsere Rucksäcke und helfe ihm auf. »Also dann, gehen wir auf Höhlensuche.«

# GROTTIG GUT

*»Es ist gar nicht so einfach, sein Glück zu ergreifen.*
*Denn das setzt voraus, dass man es erkennt.*

– FEE

Ich bin froh, dass es nicht lange dauert, bis wir auf die von Eric vermutete Höhle stoßen. Ich helfe ihm, sich an die Wand zu setzen.

»Hol dir aus meinem Rucksack etwas Trockenes zum Anziehen«, fordert Eric mich auf. »Ich hab immer Wechselklamotten dabei, falls ich nass werde.«

Ich verziehe mich mit seinem Gepäck weiter in das Tief der Höhle. In einer dunklen Nische befördere ich Handtücher und Badesachen zum Vorschein. Und zwei Shirts. Nachdem ich mich abgetrocknet habe, streife ich mir das eine über. Es ist lang genug und geht mir bis über die Knie, sodass ich es wage, meine Shorts auszuziehen.

Als ich zurückkehre, um Eric das zweite Shirt und die Badehose zu geben, hat er die Augen geschlossen.

»Eric, alles okay? Eric!« Leicht panisch rüttele ich an seiner Schulter. Oje, hoffentlich hat er keine Gehirnerschütterung.

Er öffnet die Lider. »Ja, brüll doch nicht so. Mir geht es gut. Es ist mir nur so peinlich.«

»Was denn?« Ich pflanze mich neben ihn und reiche ihm einen Schokoriegel.

Er nimmt die Kleidung und den Riegel entgegen. »Jedes Mal, wenn wir zusammen sind, passiert mir etwas Blödes. Du solltest eine Unfallversicherung abschließen.« Seine Finger nesteln an der Verpackung des Schokoriegels. »Es tut mir so leid. Vor allem, weil ich dich eigentlich ziemlich mag.«

Mein Hirn schaltet ab. Es ist anders, so nah neben ihm zu sitzen. So dicht, dass wir uns zwangsläufig berühren. Ich spüre seine Nähe, seine Wärme. Mein Herz wummert wie verrückt. Kein Wunder, sage ich mir. Immerhin haben wir gerade erst eine extrem gefährliche Situation überstanden.

»Fee«, höre ich seine Stimme wie aus weiter Ferne. »Dein Schweigen bringt mich noch um.«

Ich kehre in die Gegenwart zurück. »Ich hab mir vorhin echt Sorgen gemacht, dass es mein erster und letzter Urlaub sein könnte.«

»Ja, die Situation war nicht ohne. Zum Glück hatten wir Schwimmwesten. Und dich.« Er verzieht den Mund.

Ich lächle ihm matt zu. Und da wird mir etwas bewusst: Der Unfall mit dem Kajak hat mir klargemacht, dass man jeden Augenblick auskosten sollte. Mein Blick wandert zum Höhleneingang. Der Regen prasselt unaufhörlich. Ich fühle mich hundemüde und habe keine Lust, mir Gedanken darüber zu machen, was morgen sein wird. Einmal will ich komplett im Hier und Jetzt sein. Was hat Merle gesagt? Die Liebe sucht man nicht, sie findet einen. Und man soll sein Glück ergreifen, wenn es sich zeigt.

Ich muss grinsen, und dann fasse ich mir ein Herz und frage das, was mir schon den ganzen Tag auf der Zunge liegt. »Bist du immer noch sauer auf mich, weil ich dich bei unserem Sternen-Date versetzt habe?« Ich atme tief durch. »Und weil ich dachte, du hättest eine Freundin. Und vor allem, weil ich dir gesagt habe, ich will dich nicht mehr sehen. Das war blöd von mir, und mir wird erst jetzt klar, dass das gar nicht stimmt. Ich will dich sehen. Am liebsten jeden Tag.«

»Du hast mir das Leben gerettet, wie könnte ich dir da böse sein?«

Das ist nicht die Antwort, die ich hören will. »Hab ich nicht. Du hattest eine Schwimmweste an. Du wärst schon nicht untergegangen. Hast du selbst gesagt.«

Erics Miene wird ernst. »Nein, vielleicht nicht. Aber ich war nie sauer auf dich. Dazu mag ich dich viel zu sehr. Ja, ich war enttäuscht, dass du gestern nicht gekommen bist. Und ich war übelst verletzt, als du mir gesagt hast, dass du mich nicht mehr sehen willst. Aber ich verstehe, warum du das getan hast. Und eigentlich hätte ich mir denken können, dass Leo dir irgendeinen Schwachsinn erzählt, den er für witzig hält, womit er die Sache noch mal komplizierter macht. Allerdings bin ich daran selbst schuld. Hätte ich dir von Clothilde erzählt, wäre das nicht passiert. Aber jetzt bin ich keine saure Gurke mehr, sondern eher ein Happy Meal. Denn auch wenn es schräg klingt, bin ich froh, dass wir beide hier gestrandet sind.«

»Ja, ich auch«, gestehe ich. »Und du bist echt ganz schön schräg.« Ich lache.

»Danke, gleichfalls.«

Um uns die Zeit zu vertreiben, während es vor der Höhle in Bindfäden schüttet, plaudern wir über alle möglichen Dinge. Und plötzlich erzähle ich Eric auch von den nicht so schönen Dingen. Dass immer das Geld fehlt für den Urlaub. Dass ich mir manchmal Sorgen um die Zukunft mache. Dass meine Eltern immerzu arbeiten müssen und kaum Zeit für mich und meinen Bruder haben. Dass dieser Urlaub so schön ist wie kein Tag zuvor in meinem Leben. »Weißt du, es ist nicht so schlimm, wenig Geld zu haben«, bekenne ich. »Solange man eine tolle Familie hat. Und gute Freunde.«

»Ja, manches kann man sich für Geld eben nicht kaufen.« Und dann erzählt Eric mir von seiner Familie. Seinen Zukunftsplänen.

Und ich traue mich zu fragen: »Warum geraten du und Leo eigentlich so oft aneinander? Du kommst mir manchmal vor wie Aschenputtel, nicht wie der Prinz, dessen Namen du trägst.«

Er seufzt. »Keine Ahnung. Leo weiß, wie er mich provozieren kann. Und er macht aus allem einen Wettbewerb. Aber ich gebe mir Mühe. Weil ich will, dass dieses Patchwork funktioniert. Und Mama mit Didier glücklich ist.«

Ich nage an meiner Unterlippe. »Vielleicht fühlt sich Leo ja insgeheim total unsicher«, überlege ich.

»Leo und unsicher?« Eric lacht. »Wie kommst du denn darauf?« Stöhnend verlagert er sein Bein.

»Na ja, die ganze Zeit war er Einzelkind. Und dann kommt plötzlich so ein Schlaubi Schlumpf wie du daher. Vielleicht hat Leo das Gefühl, ganz schön auffahren zu müssen, um mithalten zu können.«

»Hat dir schon mal jemand gesagt, dass du echt weise bist? Wie ein Glückskeks?«

Ich verneige mich theatralisch. »Danke! Gleichfalls.« Ich gähne. Meine Glieder fühlen sich schwer an, und ich schließe die Augen.

»Wusstest du, dass Otter Händchen haltend schlafen?«, flüstert Erics Stimme. »Damit sie sich nachts im Fluss nicht verlieren. Sie treiben nämlich auf dem Rücken liegend auf dem Wasser beim Schlafen.«

»Das ist … süß«, sage ich und grinse. »Und jetzt willst du, dass wir Händchen halten?«

»Nein, natürlich nicht.« Er schluckt hörbar. »Obwohl … Vielleicht doch.«

»Okay«, sage ich und taste nach seiner Hand. Unsere Finger verschlingen sich, und ein wohliger Schauer rieselt mir durch den Bauch. Als Erics Magen knurrt, lasse ich wieder los. »Uh! Bärenalarm. Dagegen lässt sich was machen.« Ich verteile die Sandwiches, die ich mir in den Rucksack gepackt hatte.

»Du denkst wirklich an alles, Glücksfee. Gibt es auch etwas, das du nicht kannst?«, fragt er kauend. »Sag schon, damit ich mir nicht wie der schusseligste Tollpatsch vorkomme.«

Ich runzele die Stirn. »Ich kann mir Gesichter nicht so gut merken«, gebe ich zu. »Das kann manchmal ganz schön peinlich werden.«

»Solange du dich an meines erinnerst …« Er schenkt mir ein schiefes Lächeln.

»Vielleicht sollten wir es den Eichhörnchen nachmachen. Nur um sicherzugehen. Wusstest du, dass sie sich bei jeder Begegnung küssen, um sich wiederzuerkennen?«, verkünde ich.

Eric schaut mich an und runzelt die Stirn.

Verflixt! Was denkt er jetzt wohl von mir? Das klang wie ein richtig mieser Anmachspruch! Ganz schnell Themawechsel.

Doch da beugt er sich unvermittelt vor, und unsere Nasen stoßen aneinander.

Plötzlich werde ich ganz ruhig, und alles fühlt sich irgendwie richtig an. Dann gebe ich mir einen Schubs, und unsere Lippen berühren sich wie von selbst. Zart und leicht. Wie im Traum. Eric legt einen Arm um meine Schultern und zieht mich näher zu sich. Vorsichtig lehne ich mich an ihn, darauf bedacht, nicht gegen sein verletztes Bein zu stoßen. Die Höhle um uns herum verblasst, und ich versinke in dem Moment.

Als wir uns voneinander lösen, brauche ich kein Feuer mehr, um mich zu wärmen. Ich rücke den Rucksack unter meinem Kopf zurecht und taste zur Seite über den kalten Stein.

»Mhm.« Ein Rascheln verrät mir, dass Eric die Hand nach mir ausstreckt. Unsere Finger berühren sich, und ich schließe zufrieden die Augen. Mein Kopf ist total leer und trotz oder auch gerade wegen unseres Unfalls fühle ich mich dankbar und glücklich. »Eric?«, sage ich schläfrig.

»Ja?«

»Ich bin froh, dass dir nichts passiert ist.«

»Und ich erst, dass dir nichts passiert ist.« Er lehnt sich an mich. »Um die Körpertemperatur zu halten, sollten wir möglichst dicht beieinanderliegen.«

»Sicher?« Skeptisch mustere ich ihn.

»Ja, erste Überlebensregel.«

Nach kurzem Zögern nicke ich. Arm im Arm schlafen wir erschöpft ein. Händchenhaltend. Wie die Otter.

# SPÜRESEL UND HÖHLENMENSCHEN

*»Esel sind nicht stur, sondern schlau.«*

– ERIC

Etwas Samtiges streicht mir übers Gesicht. Ich wische es weg, doch gleich darauf spüre ich es erneut. Widerstrebend öffne ich ein Auge und stelle zufrieden fest, dass ich immer noch in Erics Armen liege. Das Aneinanderkuscheln funktioniert. Kalt ist mir jedenfalls nicht.

Ich öffne das zweite Auge und erblicke gelbe Zähne und ein graues Gesicht direkt vor meiner Nase. »Waaah!«

»Was ist?« Eric regt sich hinter mir.

»Stella!« Ich deute zu der Eselin, die vor uns in der Höhle steht. Sie schnuppert nun über Erics Bein und i-aht.

»Wie kommst du denn hierher, du Ausreißerin?« Umständlich richtet er sich auf, um ihr die Mähne zu zauseln. »Du bist wirklich eine Spüreselin«, lobt er.

Ich stehe auf und recke mich. Meine Knochen knacken, und mir tut der Rücken weh von der Zeit auf dem harten Boden. Es hat aufgehört zu regnen. Die Luft ist klar und riecht nach Wald.

»Hallo, Höhlenmenschin«, sagt Eric und schenkt mir einen liebevollen Blick.

»Hallo, Höhlenmensch«, erwidere ich. »Hast du Hunger?« Ich ziehe die Rucksäcke heran und mache mich auf Nahrungssuche. »Wir hätten noch ein Malabar und ein Malabar und … ach ja, ein Malabar.« Abwechselnd halte ich die Kaugummistangen hoch. »Oh nein, warte! Hier sind noch kalter Tee und Macarons.«

Wir teilen die Kekse gerecht auf. Ich schnappe mir einen Schokokeks, drehe die beiden Hälften auseinander und lutsche die Creme heraus.

»Welcher Frevel!«, kommentiert Eric und stopft sich ein Macaron ganz in den Mund.

»Quatsch, die isst man so. Nur so kann sich der Geschmack entfalten«, behaupte ich. »Und was ist Frevel überhaupt für ein Wort?«

»Ein schönes«, erwidert er. »Ich hab eine Vorliebe für ungewöhnliche Wörter und Namen.« Er schaut mich so intensiv an, dass ich mich räuspern muss.

»Übrigens hab ich noch einen Fakt für deinen reichen Fundus an unnützem Wissen«, sage ich. »Wusstest du, dass es in Island keine Moskitos gibt?«

»Wusstest du, dass Moskitos Blutgruppe 0 bevorzugen, weil darin mehr Proteine und Mineralien enthalten sind?«

»Ha, das erklärt, warum ich immer aussehe wie ein Streuselkuchen. Aber wusstest du, dass die wissenschaftliche Bezeichnung für die Brillenschlange Naja Naja ist?«

Eric lacht und prustet dabei kalten Tee nieselregenartig aus. Ich weiche gerade noch rechtzeitig zurück. »Oh Mann, sorry! Das ist so typisch für mich.« Sein Gesicht wird knallrot. »Ich bin so ein Elefant.«

»He, beleidige die Elefanten nicht«, erwidere ich und beuge mich verschwörerisch zu ihm. »Aber keine Sorge, ich sag es nicht weiter. Wem auch? Den Bibern oder vielleicht den Eichhörnchen?«, wiederhole ich seine Worte, und mir wird urplötzlich heiß, als ich an den Eichhörnchen-Kuss denke. »Wie spät ist es eigentlich?«, frage ich rasch.

Er wirft einen Blick auf seine Uhr. »Gleich halb sieben. Abends.«

»Oha. Ich hätte schwören können, wir haben länger hier verbracht.« Ich gehe zu ihm. »Kannst du laufen?«

»Ja, aber keine zehn Kilometer. So weit sind wir bestimmt vom Camp entfernt. Du solltest Hilfe holen. Ich warte hier.«

»Sicher?«

»Sicher.« Er legt den Kopf schräg. »Keine Sorge. Ich rühr mich hier nicht weg.« Er krault den Esel. »Und Stella passt auf mich auf. Du musst nur dem Fluss folgen.«

»Okay.« Ich schnappe mir meinen Rucksack und will loslaufen. Da packt er mich plötzlich am Arm.

»Eines muss ich noch wissen, bevor wir in die Zivilisation zurückkehren ...« Durchdringend schaut er mich an. »Bist du bereit, unser Sternen-Date nachzuholen?«

Meine Gefühle fahren Achterbahn, als ich seinen Blick erwidere. »Okay. Abgemacht«, sage ich mit wild klopfendem Herzen. »Aber ich erwarte, dass es ein Oberhammersuper-Date wird«, sage ich scherzend. »Also, leg dich ins Zeug.«

»Keine Sorge, das werde ich. Mit der Macht von Magic Cat.« Er präsentiert das Tattoo an seinem Handgelenk und grinst zufrieden.

Ich winke kurz, dann laufe ich los. Wie angewiesen, gehe ich stromaufwärts, bis ich zwei Kajaks auf dem Fluss entdecke. In einem sitzt Leo, mit einem Fernglas in der Hand sucht er das Ufer ab. Im anderen entdecke ich Merle und Koray.

»He! Hier bin ich!« Ich wedele wie verrückt mit den Armen und springe dabei auf und ab wie ein Flummi. Hoffentlich sehen sie mich!

Meine Freundin kreischt auf. »Da ist sie! Da ist Fee. Da drüben. Los, los, los, paddel hin.«

Koray legt sich mächtig ins Zeug, doch Merle springt noch aus dem Boot, bevor er am Ufer ist.

Filmreif laufen wir uns in die Arme und wirbeln herum. »Oh du lieber Himmel, ich bin so froh, dass es dir gut geht!«, jauchzt sie. »Ich wusste gleich, dass etwas passiert sein muss, als du nachmittags immer noch nicht zurück warst. Und als wir euer Kanu gefunden haben, hab ich schon mit dem Schlimmsten gerechnet.«

»Es ist ein Kajak«, werfe ich ein.

»Was? Ach, egal. Auf jeden Fall ist das Ding weiter unten zerschellt, und ein einziger Bretterhaufen. Wir sind den Fluss runter- und wieder raufgepaddelt …« Merle holt atemlos Luft. »Bist du auch wirklich okay?«

»Ja, mir geht's gut.« Ich ergreife ihre Hand. »Aber Eric ist verletzt.«

Die Jungs ziehen die Kajaks an Land und kommen zu uns rüber.

»Echt, Mensch. Wie soll ich meinem Vater bloß erklären, dass das Kajak im Eimer ist?«, fährt Leo mich an. »Was habt ihr euch bei dieser Aktion nur gedacht?«

»Oh, warte mal …« Ich tippe mir ans Kinn. »Dass wir einen Otter vor dem Tod durch eine Angelschnur retten müssen. Dass uns die Stromschnellen erwischen. Dass wir an einen Felsen prallen, wegen so einer blöden Unterwasserwand. Dass sich Eric verletzt hat und ich ihn aus dem Wasser fischen musste, wobei ich fast selbst draufgegangen wäre. Ja, das war alles ein ausgeklügelter Plan, nur um dich zu ärgern.« Ich lächle zuckersüß. »So, wie du mich mit Clothilde ärgern wolltest.«

Nun blickt Leo zerknirscht. »Entschuldige. Ich hab mir bloß Sorgen gemacht.« Er setzt ein freches Lächeln auf. »Aber ich hab Anführungszeichen in die Luft gemalt. Du hättest also ahnen können, dass ich einen Witz wegen Clothilde mache.«

Merle boxt ihm gegen die Schulter. »Du bist echt ohne Worte!«

»Autsch!« Er reibt sich über den Arm.

»Danke.« Ich bin in versöhnlicher Stimmung, also reiche ich Leo die Hand. »Frieden?«

Er schlägt ein. »Frieden.«

»Eric ist dort drüben in einer Höhle.« Ich deute hinter mich. Leo winkt Koray zu sich, und die beiden joggen davon.

Wenige Augenblicke später humpelt Eric auf die beiden Jungs gestützt zu Merle und mir herüber. Seinem Gesicht sieht man an, dass der Schmerz stärker geworden ist. Ich hoffe, dass nichts gebrochen ist.

»Wir sollten ihn schnell zum Arzt schaffen«, sagt Leo.

»He, er steht direkt neben dir und hört mit«, meckert Eric. »Aber ich glaub, der Arzt ist eine gute Idee.« Er stöhnt leise. »Jemand muss sich um Stella kümmern. Die streift sonst wieder durchs Gelände.« Er schaut mich bittend an.

»Ich bringe sie zurück«, sage ich.

»Ich komme mit«, ergänzt Merle. »Wir sehen uns auf dem Campingplatz.«

Damit ist das abgemacht. Die Jungs laufen zu den Booten und verfrachten Eric vorsichtig hinein. Koray stapelt unsere Sachen in seinem Boot. Dann paddeln sie davon.

»Okay, Stella. Zeig uns den Heimweg«, fordere ich, und die Eselstute setzt sich in Bewegung.

»Moment, ich brauche noch was ...« Ich laufe noch mal in die Höhle und hole mir einen Kiesel. Den werde ich zur Erinnerung an die Bucht in das Honigglas stecken.

Dann folgen wir Stella, und Merle bringt mich auf den neuesten Stand. Sandra und Alex wissen nicht, dass wir von der Kajaktour noch nicht zurück sind. Ebenso wenig wie Erics Eltern.

Merle erzählt mir, dass sie mich decken wollte, weil sie angenommen hätte, wir hätten uns irgendwo untergestellt und beim Versöhnen die Zeit vergessen.

In Merles blühender Fantasie hat der Regen auch noch für Romantik und Geknutsche gesorgt. Sie beherrscht das Hellsehen einfach zu gut! Sorgen hat sie sich erst gemacht, als ich zum Abendessen nicht zurückgekommen bin.

»Und dann habe ich nach Leo gesucht, um ihn zu fragen, wo Eric ist«, erzählt Merle weiter. »Leo war gerade mit Koray bei den Paddleboards, um eine Tour zu starten. Und Koray hatte die Idee, Stella als Such-Eselin einzusetzen, weil er das mal irgendwo gelesen hat. Stella ist sofort losgesprintet, und wir sind ihr gefolgt. Dabei haben wir flussabwärts das zerschellte Kajak gefunden. Du ahnst ja nicht, was für Sorgen ich mir gemacht habe.« Merle umarmt mich noch mal fest.

»So eine brave Eselin.« Ich streiche der Stute über das Fell.

»Und? Habt ihr euch wieder versöhnt?«, will Merle wissen. Sie hakt sich bei mir ein.

»Ja, haben wir.« Mit roten Wangen erzähle ich ihr dann doch von dem Kuss.

»Oh, ich hab es gewusst.« Merles Augen strahlen mich an. »Das freut mich so für dich.« Sie zerquetscht mir fast die Finger.

»Ja, aber eigentlich sollte es doch unser Sommer werden.«

»Das bleibt er doch auch.« Merle schüttelt den Kopf. »Echt, Süße, du kannst beides haben. Stell dir vor. Das ist wie beim Mittagessen.

Hauptgericht und Nachtisch. Wobei ich gerne das Hauptgericht wäre, und Eric darf dann der Nachtisch sein.«

Unwillkürlich muss ich an die Kaugummis denken und pruste laut los. »Vielen Dank für den Vergleich. Du wirst immer mein Hauptgericht sein. Schwesternschwur.« Ich halte ihr den kleinen Finger hin, und sie hakelt sich ein.

Gleich darauf bekommt sie wieder diese schwärmerische Miene. »Ach, das ist so schön, dass ihr jetzt offiziell zusammen seid. Bei euch stimmt einfach die Chemie. Und ihr seid beide so romantisch.«

Nun bin ich ehrlich verblüfft. »Und woraus schließt du das, Frau Superdetektivin?«

»Die Tattoos. Was ist denn romantischer? Ach, ihr werdet so süß zusammen sein, dass man nur von eurem Anblick einen Zuckerschock bekommt.«

Ich nicke nur und verrate ihr nicht, dass ich immer noch Bedenken hab, ob man einen Sommerflirt im Alltag weiterführen kann.

# LAGERFEUER-FEELINGS

*»Manchmal dauert es ein bisschen,*
*bis man weiß, was man will.*
*Aber wenn man es weiß, ist es großartig!«*

– FEE

Weder am Abend noch am nächsten Morgen sehe ich Eric wieder. Ich verbringe die Zeit damit, alles in mein Journal einzutragen und meine Erinnerungs-Kiesel zu bemalen. Am Nachmittag bin ich so hibbelig, dass ich an den Nägeln knabbere, während ich auf Nachrichten warte. Ich kann mich auf nichts konzentrieren und erledige meine Aufgabe – bei der Pflege eines Ameisenhügels helfen und darauf wachsende Pflanzen ausrupfen – wie ein Roboter.

Irgendwann kommt Leo zu mir und erzählt, dass es Eric gut geht. Er hat nur ein paar Schürfwunden, und das Bein ist verstaucht. Um eine Gehirnerschütterung auszuschließen, sollte er die Nacht im Krankenhaus verbringen. Aber seine Eltern würden ihn nun dort abholen.

Ich bin erleichtert. Das Ziehen, das ich die ganze Zeit im Bauch verspürt habe, lässt endlich nach. Dafür erfasst mich ein anderes Ziehen, das ich als Sehnsucht identifiziere. Ich kann es kaum abwarten, Eric wiederzusehen.

Merle beschließt, mich abzulenken, und überredet mich, den Nachmittag mit ihr, Leo und Koray am Fluss zu verbringen. Paddleboarding ist echt gar nicht so einfach.

Am Abend ist wieder eine Lagerfeuer-Party angesagt.

Wir wandern zu den Baumstämmen, und mein Herzkribbeln nimmt zu, als ich dort Leo und Eric sitzen sehe.

Eric hält einen Marshmallow-Stock ins Feuer, während Leo Gitarre spielt. Offenbar haben die beiden sich ausgesprochen, denn die Atmosphäre zwischen ihnen hat sich verändert, ist freundlicher geworden. Das spürt man bis zu mir rüber. Gesprächsfetzen dringen mir an die Ohren. Die beiden kabbeln sich, aber diesmal in einer netten Version.

»Es heißt Wonderwall, nicht Wonderwoman«, höre ich Eric sagen, dann nimmt er Leo die Gitarre ab und fängt an, an den Saiten zu zupfen. »Das ist der Akkord.«

»Dein Name ist auch ein Synonym für Besserwisser«, erwidert Leo gutmütig.

»Immerhin weißt du, dass ich es besser weiß«, meint Eric lachend. »Wir machen Fortschritte.«

Leo bemerkt mich und steht auf. »Ich hol mir mal was zu trinken«, sagt er und klatscht sich mit Eric ab. Als er an mir vorbeikommt, sagt er leise: »Tut mir leid, dass ich so ein Arsch war. Du weißt schon, wegen des Freundinnen-Missverständnisses. Das war ein doofer Scherz.«

»Schwamm drüber. Schon vergessen. Wegen Eric«, erwidere ich.

Leo nickt und wandert zum Büffet, wo er seinem Vater hilft.

»Ich geh mal zu Koray und Hanna«, sagt Merle und lässt mich stehen. Die Augen auf Eric gerichtet laufe ich weiter. Unsere Blicke verfangen sich, und ein Lächeln breitet sich langsam auf seinem Gesicht aus.

»Da bist du ja endlich.« Er rückt zur Seite, damit ich mich neben ihn setzen kann.

Ich betrachte sein Bein, das eine Schiene ziert. »Alles in Ordnung?«

»Hab mir das Bein nur ordentlich angerumpelt, aber ich bin okay.«

»Wie ich sehe, hast du dich mit Leo vertragen?«

»Ja, wir haben beschlossen, die Vergangenheit ruhen zu lassen und noch mal von vorn anzufangen. Wir möchten beide, dass diese Familie funktioniert.«

Schweigend sitzen wir nebeneinander und beobachten, wie die Marshmallows brauner werden und schließlich … »Du weißt schon, dass dein Marshmallow gerade Feuer gefangen hat?«

Rasch zieht Eric den Stock zurück. »Wer sagt dir, dass ich es nicht genauso mag?«

»Wie? Angekokelt und klebrig wie Gummi?« Ich lache.

»Ja, mit extra Knusper-Aroma.« Er grinst schief. »Möchtest du mal probieren?«

»Nein, danke. Ich verzichte.« Nach einer kurzen Pause schaue ich ihn direkt an. »Alles gut?«

»Alles gut«, bestätigt er, und in meinem Bauch blubbern lauter Seifenblasen hoch.

Eine Frau taucht vor uns auf, und er sieht hoch. »Hey, Mama. Ist was?«

»Nein, ich will mir nur mal das Mädchen genauer betrachten, das meinen Jungen so zum Strahlen bringt.«

»Boah, Mama. Hat dir schon mal jemand gesagt, dass du peinlich bist?«

»Ja, aber es ist mir egal.« Sie wendet sich mir zu. »Wie ich höre, hast du meinen Sohn gerettet. Danke! Ich war erstaunt, dass er trotz seiner Verletzungen so glücklich wirkte. Und das ist dein Verdienst. Er war miesmuffelig, seit wir in Frankreich leben, aber seit er dich kennt, ist seine Laune sehr viel besser geworden. Auch dafür danke.« Sie setzt sich. »Weißt du, schon als Winzling hat Eric Käfer gesammelt, um sie in einer Becherlupe zu untersuchen. Er hat ihnen sogar Namen gegeben. Eric hat mir erzählt, du interessierst dich auch sehr für Tiere?«

Mühsam verkneife ich mir ein Lachen. »Ja, das stimmt. Ich hab aber schon viel von Eric gelernt.«

»Ach, tatsächlich. Das ...«

»Mama! Ich glaube, Papa sucht dich.« Eric ist knallrot angelaufen. Er macht eine scheuchende Bewegung, doch das Gesicht seiner Mutter leuchtet auf. »Das ist das erste Mal, dass du Didier Papa nennst. Es geschehen noch Zeichen und Wunder.« Sie steht auf und geht zum

Grill. Vermutlich, um ihrem Mann davon zu berichten.

»Soso, du hast also schon als Winzling Käfern Namen gegeben«, sage ich grinsend.

»Hey, es ist fies, wenn du dich lustig über mich machst. Du gibst Werkzeugen Namen, Glücksfee. Darf ich dich an Waltraud, den Spaten, erinnern?«

»Oh ja, sie hat uns gute Dienste geleistet. Und sie hat echt einen Scheißjob.« Ich kichere.

Lachend greift er nach meiner Hand. »Hast du jetzt vielleicht einen Moment Zeit, um unser Sternen-Date nachzuholen? Ich hätte da was vorbereitet.«

»Schaffst du das denn?«, frage ich skeptisch mit Blick auf sein Bein.

»Klaro! Mit meiner schicken Schiene ist das kein Problem. Solange wir nicht rennen.« Er grinst frech. »Aber wenn es dir lieber ist, kann ich uns auch ein edles Esel-Ross besorgen, das uns trägt.«

»Die arme Stella«, erwidere ich frech. »Nee, lass mal. Wir haben alle Zeit der Welt.«

»Okay, ich sag nur schnell meiner Mutter Bescheid.« Eric humpelt in Richtung Grill davon.

Irgendwer stellt Musik an, und die Ersten fangen an zu tanzen. Merle ist mit Koray unter ihnen. Sie winkt mich zu sich, und wir hopsen fröhlich zu den Beats, bis ich spüre, wie sich jemand nähert und die Arme von hinten um mich schlingt. »Bereit?«, flüstert mir Eric ins Ohr.

»Bereit!«, antworte ich.

Händchenhaltend schlendern wir zum Fluss, ganz langsam, damit Eric mit seiner Schiene nicht stürzt. Die kleine Kiesbucht wirkt in der Abenddämmerung wie verzaubert.

Nah am Wasser steht nach wie vor Erics Zelt, doch nun ist es umgeben von kleinen Lampions, die das Ufer in ein sanftes goldenes Licht tauchen. Davor steht ein Campingtisch mit zwei Stühlen. Eine silberne Speisehaube thront darauf. Das Wasser glitzert, und über uns funkeln die ersten Sterne. Leise plätschern die Wellen auf den Strand.

»Boah, ich glaub es ja nicht, Merle hat tatsächlich recht«, sage ich geplättet.

»Mit was?« Er zieht mir einen Campingstuhl heraus.

»Dass du ein Romantiker bist.« Ich pflanze mich auf den Stuhl. »Wie hast du das alles geschafft? Ich meine, mit dem kaputten Knie und so.«

»Leo hat mir geholfen.« Eric grinst. »Und tüchtig geflucht, aber das war er mir schuldig.« Er schenkt mir einen tiefen Blick. »Ich hoffe, du gehörst nicht zu diesen Romantikhasserinnen.«

»Oh, nein. Es ist gerade noch zu ertragen.« Ich lasse den Blick schweifen und sauge den Augenblick auf wie ein Schwamm. Es ist so wunderschön. »Hast du es gut, hier zu leben.« In meiner Stimme klingt eine ungeahnte Sehnsucht.

Er setzt sich mir gegenüber. »Ich weiß. Und ich will hier auch nicht weg.«

Unwillkürlich wird mir das Herz schwer. Dass wir uns irgendwann trennen müssen, verhagelt mir etwas die Stimmung. Um mich abzulenken, sage ich: »Also, was verbirgt sich unter der silbernen Haube?«

Er hebt den Deckel und darunter kommen Burger und Campfire Cones zum Vorschein. »Als Erinnerung an unser erstes gemeinsames Abendessen.« Er greift in seine Hosentasche und zieht zwei Malabar-Stangen heraus. »Und das gibt es zum krönenden Abschluss. Das ist ein Drei-Gänge-Menü. Was sagst du?«

»Sehr lecker.« Ich mache mich über den Burger her, und wir stoßen mit Eistee an.

Später sitzen wir am Ufer und beobachten den Nachthimmel.

»Willst du mit mir hier übernachten?«, fragt Eric. »Ich soll für Olivia das Nachtleben der Tiere beobachten und zählen, was mir so begegnet.« Er deutet auf den Fluss. »Und ich könnte Hilfe gebrauchen, damit ich wach bleibe.«

»Klar! Tiere beobachten kann ich perfekt. Ich muss nur kurz Merle sagen, dass ich heute Nacht nicht in unserem Zelt schlafe.«

»Warte, ich erledige das.« Er holt ein Walkie-Talkie heraus und funkt Leo an, der verspricht, ihr Bescheid zu geben.

Schweigend sitzen wir anschließend nebeneinander und beobachten den Himmel und den Fluss. Wie silberne Glühwürmchen haben sich die Sterne um den Mond geschart. Es ist unglaublich, wie viel Leben sich hier tummelt. Immer wieder schwimmen Enten vorbei, eine Eule schu-hut irgendwo, und ich glaube, im Gebüsch einen Hirsch zu entdecken. Es könnte aber auch Stella sein, die uns beobachtet. Eric will am Tor gleich morgen einen anderen Riegel anbringen, damit sie nicht mehr ausbüxen kann.

Als es dunkler wird, nimmt der Sternenhimmel meine ganze Aufmerksamkeit gefangen. Tausende Sterne glitzern am samtschwarzen Firmament.

»Erkennst du den Großen Wagen?« Eric legt einen Arm um meine Schultern. »Der ist da drüben. Und das da ist der Polarstern.«

»Ob du's glaubst oder nicht: Das wusste ich sogar.« Ich lehne den Kopf an seine Schulter. Ein Streifen malt sich hell ins Schwarz.

»Da, eine Sternschnuppe!«, ruft Eric begeistert. »Schnell, wünsch dir was, Glücksfee.« Er kneift die Augen zu und flüstert, dass er sich wünscht, wir würden mehr als Freunde bleiben, was mein Herz zum Hüpfen bringt.

»Wusstest du, dass es mehr Bäume auf der Erde gibt als Sterne in unserer Galaxie, also der Milchstraße?«, fordere ich ihn heraus. »Es ergibt mehr Sinn, einen Baum um einen Wunsch zu bitten. Du könntest ihn umarmen, wie die Koalas, wenn sie Abkühlung suchen.«

»Oho, gut gekontert. Aber wusstest du, dass jeden Tag mehrere Tonnen Sternenstaub auf die Erde niederrieseln? Genau genommen muss man also nicht auf Sternschnuppen warten. Kleine Wünsche können sich so jeden Tag erfüllen.« Er grinst mich frech an.

»Wusstest du, dass du ganz schön hartnäckig bist und gern das letzte Wort hast?«, erwidere ich. Der Wind hat aufgefrischt. Mir wird fröstelig, und ich schlinge die Arme um mich.

»Ja, das ist eine meiner charmantesten Eigenschaften.« Seine Miene wird ernst. »Ist dir kalt? Wir können vom Zelt aus weiter beobachten.«

Ich willige ein, und wir machen es uns im Schlafsack gemütlich. Mein Herz hämmert heftig. Es ist anders als in der Höhle, so nah neben ihm zu liegen. Anders als mit Merle. Das ist sein Zelt. Sein Schlafsack. Und zu meinem Erstaunen fühle ich mich immer noch ziemlich wohl. Ein kleines Teufelchen flüstert, dass es öfter so sein könnte.

»Hey, woran denkst du?«

»Verrate ich nicht«, erwidere ich und spüre, wie ich rot werde.

»Sicher?« Er kitzelt mich, bis ich vor Lachen keine Luft mehr bekomme.

»Autsch, au!«, ruft er, als ich die Gegenattacke starte. Versehentlich bin ich an sein Bein gestoßen.

»Tut mir leid.« Über ihm halte ich inne.

»Schon gut.« Er streicht mir eine Haarsträhne aus dem Gesicht. »Weißt du, was ich dir schon die ganze Zeit sagen will?«

»Dass die Lampions biologisch abbaubar sind?«

»Haha. Ja, das sind sie. Aber nein. Ich möchte dir sagen, dass ich gern mit dir zusammen bin. Dass ich dich seit unserer ersten Begegnung mag. Als wäre Stella absichtlich in dich gerannt, um Schicksal zu spielen. Ich will nicht nur ein paar Wochen mit dir befreundet sein, sondern dauerhaft.«

Mein Herz hüpft vor Glück und schmerzt zugleich. Und dann purzeln die Worte einfach aus mir heraus. »Ich mag dich auch. Ich glaub sogar, ich bin ein bisschen in dich verliebt«, sage ich. »Ich verbringe gern Zeit mit dir. Und es gefällt mir, dass du über dich lachen kannst. Dass wir miteinander lachen können. Und uns ein Tattoo teilen. Aber was Dauerhaftes ist für uns einfach nicht drin. Ich reise ja schon in zwei Wochen ab, und dann sehen wir uns nicht mehr.«

»Wieso sollten wir uns nicht mehr sehen?« Er wirkt ehrlich verblüfft.

»Weil wir tausend Kilometer voneinander entfernt leben. Du wirst mich vergessen.«

»So ein Quatsch! Wie kommst du bloß darauf? Dich kann man nicht vergessen. Gib uns eine Chance. Auf der Karte ist es nur einen Fingerbreit.« Er deutet einen winzigen Abstand mit Daumen und Zeigefinger an.

»Haha, Scherzkeks.« Ich verdrehe die Augen.

»Nein, im Ernst«, widerspricht er. »Du könntest in den Ferien herkommen. Oder ich zu dir. Und es gibt Handys. Wir können in Kontakt bleiben.«

Ich beiße mir auf die Lippe. Mein Herz schlägt dumpf, denn noch so einen Urlaub werde ich mir nicht so schnell leisten können. Das ging ja nur, weil Merles Schwester krank geworden ist. »Aber es wird nicht dasselbe sein.«

»Nein, aber vielleicht ja ähnlich. Oder sogar besser.« Mit Welpenblick schaut er mich an. »Also, mehr als Freunde?«

Ich beiße mir auf die Lippe und weiß nicht, was ich sagen soll. Meine Gefühle fahren Achterbahn. Dann schaue ich Eric in die Augen. »Mein Herz sagt, dass wir mehr als Freunde sind. Aber jetzt möchte ich einfach den Moment mit dir genießen. In Ordnung?«

»Meine Rede.« Er lächelt und wird gleich darauf ernst. »Es gibt noch so viel, was ich dir gerne zeigen will. Zum Beispiel eine gemeinsame Wanderung zur Tropfsteinhöhle, wo eine Kolonie Fledermäuse lebt. Und ich brauche unbedingt deine Nummer, damit ich dir später meine unvorstellbar tollen Fernberichte über die Biber-, Geier-, Otter- und Ginsterkatzenpopulation schicken und dich mit meinen unerschütterlichen Liebesbeweisen und Eselfotos bombardieren kann.«

Nachdenklich schaue ich ihn an. Mein Herz muss Eric nicht überzeugen, das ist schon längst eingeknickt. Nur mein Kopf zweifelt noch.

Ist jetzt der Moment, wo ich auf mein Herz hören und abenteuerlustig sein soll, wie Oma Klara mir empfohlen hat? Wo ich Vertrauen zu mir und ihm beweisen muss? In Erics Blick steht so viel Zärtlichkeit. Uns verbindet dieses unheimlich starke Gefühl, das ich nicht leugnen kann.

Und ja, ich will jeden Augenblick mit ihm genießen, von mir aus auch in Tropfsteinhöhlen mit Fledermäusen. Und wenn es schiefgeht und diese Freundschaft später einschläft, kann ich mich zumindest immer an die schönen Augenblicke erinnern. Besser als an den Vorwurf, die Chance gehabt und nicht genutzt zu haben.

Erwartungsvoll schaut Eric mich an.

Und dann lasse ich mich in den Augenblick fallen. »Okay«, sage ich. »Wenn es nicht funktioniert, war es wenigstens schön.«

»Du bist eine unverbesserliche Pessimistin.«

»Wenn man nicht zu viel erwartet, kann man nicht enttäuscht werden. Einverstanden, ich geb dir meine Nummer.«

»Es waren die Eselfotos, die dich überzeugt haben, stimmt's?«

»Sowieso«, antworte ich.

»Puh!« Eric fasst sich theatralisch ans Herz. »Jetzt, wo das geklärt ist, kann ich es dir ja verraten. Ich hatte echt Sorge, dass du Leo besser finden könntest, weil er so gut in allem ist, was er tut. Und du weißt ja, dass er aus allem gern einen Wettbewerb macht. Das hat mir wirklich die Laune vermiest.«

»Oha!«, erwidere ich. »Das erklärt, warum du mir so anders vorkommst, wenn wir allein sind.« Ich lächle leicht und fühle mich ein bisschen geschmeichelt. »Aber keine Sorge: Es besteht absolut kein Grund zur Eifersucht. Ich steh auf Besserwisser.«

»Echt jetzt?« Ein Strahlen breitet sich auf seinem Gesicht auf. »Darin bin ich gigagut.«

»Ja, definitiv.« Ich lehne den Kopf an seine Schulter.

Erics Miene wird ernst. »Man muss nicht aneinanderkleben, um sich nah zu sein. Es wird funktionieren, vertrau mir.«

»Das tu ich«, sage ich ernsthaft.

Und dann küsst er mich so liebevoll, dass ich alle Zweifel vergesse.

Verschlafen krabbele ich am nächsten Morgen aus dem Schlafsack und strecke mich vor dem Zelt mit ein paar Yoga-Übungen. Der Fluss ist mit weißen Nebelfetzen verhangen, und in den Zweigen am Ufer glitzern Tauperlen.

Wenig später taucht Eric auf. »Wow, dieser Morgennebel hat wirklich was Magisches.«

»Magisch? Ich kann kaum die Hand vor Augen sehen«, erwidere ich und kneife die Augen zusammen.

Er mustert mich prüfend. »Waaas? Du stehst nicht auf diese Magie? Hinter jedem zarten Schleier könnte sich ein Wunder verstecken.«

»Oh weia, ist das kitschig. Und das noch vor dem Frühstück. Ich bekomme Bauchschmerzen.«

Eric fühlt mir die Stirn. »Definitiv einen Grummel verschluckt. Aber ich hab die perfekte Medizin dafür.« Er tut so, als würde er zaubern und fördert eine Banane hinter dem Rücken hervor.

»Oh klasse. Gib her.« Ich reiße ihm das Obst aus der Hand.

Er seufzt tief. »So hungrig? Dann sollten wir wohl zurück zum Campingplatz.« Er schaut auf seine Uhr. »Das Frühstück müsste schon fertig sein.«

»Oh ja, ich brauche unbedingt einen heißen Kakao und ein Croissant.« Mein Magen knurrt wie zur Bestätigung.

»Aber vorher hab ich noch was für dich ...« Er holt einen Kiesel aus der Tasche. Darauf ist mit roter Farbe ein Herz unter einem Sternenhimmel gemalt. »Für dein Erinnerungsglas.«

»Oh, danke!« Ehrfurchtsvoll betrachte ich den Stein, der mir wieder beweist, wie wichtig ihm unsere Freundschaft ist. Hand in Hand schlendern wir zum Campingplatz zurück.

Ein neuer Tag liegt vor uns und wartet darauf, entdeckt zu werden. Zwei herrliche Wochen voller Abenteuer gilt es zu erleben. Was danach kommt, keine Ahnung. Darum kümmere ich mich, wenn es so weit ist.

# EPILOG

*»Jeder Abschied kann ein Anfang sein.«*

– FEE

*»Man muss nicht*
*wie Kletten aneinanderkleben,*
*um sich nah zu sein.«*

– ERIC

»Abschiede sind echt das Letzte«, grummele ich. Wir brausen über die Landstraße, und Alex stimmt irgendein Lied an. Sandra fällt mit ein, und bald grölt der ganze Bus.

Meine Augen brennen, weil ich geheult habe, als ich mich von Eric verabschieden musste. Er hat mir versprochen, dass er die letzten Ferienwochen nach Deutschland kommt. Wenigstens etwas, worauf ich mich freuen kann.

»Willst du?« Merle reicht mir den Beutel mit den Süßigkeiten, mit denen wir uns eingedeckt haben. Ich zupfe ein Malabar heraus und erneuere das Tattoo an meinem Handgelenk. Doppelt gemoppelt hält besser.

Merle beugt sich rüber und unterhält sich mit Koray und Hanna, die auf der anderen Seite des Ganges sitzen. Ich schaue aus dem Fenster und hänge meinen Gedanken und Erinnerungen nach.

Da piept mein Handy. Eine Nachricht leuchtet auf.

Von einem Foto grinst mich ein lachender Esel an. Stella. Ich grinse ebenfalls.

Das nächste Bild erscheint, und ich sehe Eric darauf. »Nicht vergessen: Ich bin immer nur einen Piep entfernt«, lese ich und lache leise. Die nächste Nachricht ploppt auf. »Schau in deinem Rucksack nach.«

Ich tue es und entdecke einen Kuscheltier-Esel.

Rasch tippe ich meine Antwort und lehne mich lächelnd zurück. Mein Blick fällt auf mein Honigglas der Erinnerungen. Viele bemalte Kiesel und andere Fundstücke haben sich darin angesammelt. Aus der Geierfeder habe ich mir eine Schreibfeder gemacht.

Ein Superurlaub liegt hinter mir, und ich bin reich beschenkt worden. Mit neuen Freunden. Und unvergesslichen Erlebnissen. Ich bin über mich hinausgewachsen und hab neue Grenzen gesteckt. Habe mich getraut, meine Komfortzone zu verlassen, und zauberhafte Erfahrungen gesammelt. Ich bin stolz auf mich. Und glücklich.

Ich flüstere einen kleinen Wunsch in das Kuschel-Eselohr, dann singe ich lauthals mit den anderen mit.

Kleine Wünsche können sich jeden Tag erfüllen, hat Eric gesagt. Dazu braucht es keine Sternschnuppen.

Der Zauber liegt in uns selbst.

Und wer weiß, womöglich hat er damit sogar recht.

Die Zeit wird es zeigen.

GOOD ViBES only
DON'T FORGET TO SMILE TODAY!
50
Believe IN YOURSELF!

BE COOL, BE KIND
JEDE Reise HAT EIN Ende. ABER DIE Erinnerungen bleiben FÜR immer!
auf ins ABENTEUER!

# Entdecke DIE Abenteuerin IN DIR!

HALLIHALLO UND

## SALUT NOCH MAL!

Falls du jetzt auch Lust bekommen hast zu verreisen – ob nach Frankreich oder an einen anderen Traumort –, dann blättere gleich weiter. In diesem Teil findest du Mitmach- und Erinnerungsseiten zum Selbstgestalten, lustige Challenges, Fun-Facts zu Sehnsuchtsländern, coole DIY-Ideen, leckere Rezepte und einen Koffer voll hilfreicher Tipps sowie Infos für deine nächste Reise aus meinem Erfahrungsschatz.

Ich dachte ja immer, ich wäre der totale Städtereisen-Typ. Aber jetzt weiß ich: Ich liebe es auch, in der Natur Urlaub zu machen. Wenn du wissen möchtest, welcher Reisetyp du bist, mach den Test auf Seite 156.

Vielleicht hast du Lust, die Yoga-Übungen, die ich im Camp gemacht habe, auch mal auszuprobieren? Dann blättere auf Seite 200. Und das Geheimrezept für leckeres Schoko-Stockbrot und die genialen S'mores – übrigens ein Muss in jedem Urlaub, ob mit oder ohne Lagerfeuer – findest du auf den Seiten 190 und 168.

HOP-ON, HOP-OFF! MAL HIERHIN BLÄTTERN, MAL DORTHIN HÜPFEN – ALLES KEIN PROBLEM. OB DU ALLE SEITEN LIEST UND AUSFÜLLST ODER NUR EIN PAAR, OB IN REIHENFOLGE ODER QUERFELDEIN – DAS BLEIBT GANZ DIR ÜBERLASSEN.

Wow, vor der Reise war ich ganz schön aufgeregt. Und zugegeben: Eric hat mich zwischendurch echt auf die Palme gebracht. Tut er manchmal übrigens immer noch. Mein Geheimtipp in solchen Momenten: ein Ommm-Stressball! Die Anleitung zum Selbstbasteln gibt's auf Seite 202.

Sammle deine schönsten Reise-Erinnerungen und gib dem Buch deine eigene, persönliche Note. So wird es zu deinem ganz individuellen Reise-Erlebnisbuch.

*Viel Spaß!*

*Deine Fee*

*Et voilà –*

# DAS BIN ICH!

WER BIST *du*? WAS MACHT *dich* AUS? HIER HAST DU PLATZ, DIE WICHTIGSTEN *Facts* ÜBER DICH ZU NOTIEREN.

AUSGEFÜLLT AM ..........................................

NAME/SPITZNAME ..........................................

GEBOREN AM, IN ..........................................

STERNZEICHEN/SEELENTIER ..........................................

AUGENFARBE ..........................................

HOME BASE ..........................................

WENN ICH EIN TIER WÄRE, WÄRE ICH ..........................................

♥ -mensch(en) ..........................................

-song ..........................................

-film ..........................................

-buch ..........................................

LIEBLINGSESSEN ..........................................................

LIEBLINGSGETRÄNK ..........................................................

LIEBLINGSSPORT ..........................................................

LIEBLINGSSPRUCH ..........................................................

(aus Filmen, Songs, Büchern oder dem echten Leben)

## SehnsuchtsORTE

DARAUF freue ICH MICH IN DEN FERIEN AM MEISTEN

MIT WELCHEM Promi ODER WELCHER HISTORISCHEN PERSON ICH MAL VERREISEN MÖCHTE

DIESE DINGE MÜSSEN unbedingt MIT, WENN ICH IN DEN URLAUB FAHRE

DAS MACHE ICH, UM ZU ENTSPANNEN

DEIN Herz IST DER Kompass DEINES Lebens!

# WELTENBUMMLER BUCKET LIST

Alte Bekannte oder persönliche Geheimtipps – die Welt hat viele magisch schöne Ecken. Wohin möchtest du gerne reisen, wo warst du schon und wann? Verschaff dir einen Überblick, zeichne oder schreibe deine Ziele auf!

HIER WAR ICH SCHON ...............................................................

.......................................................................................................................

WANN? ...........................................................................

MIT WEM? ......................................................................................

SO HAT ES MIR GEFALLEN

**FEES TOP-7-SEHNSUCHTSORTE:**

- ★ DIE ATEMBERAUBENDE TARNSCHLUCHT IN *Frankreich*
- ★ DER MYSTERIÖSE LOCH NESS IN *Schottland*
- ★ DIE *Dülmener* WILDPFERDE
- ★ WELTSTADT *London*
- ★ BIG APPLE *New York*
- ★ GLAMOURÖSES *Paris/Cannes*
- ★ DER SCHWARZSANDIGE DIAMOND BEACH IN *Island*

DORTHIN MÖCHTE ICH UNBEDINGT REISEN ..........................................

..........................................................................................

MIT WEM? ..........................................................................

DAS MÖCHTE ICH DORT SEHEN/ERLEBEN ........................................

..........................................................................................

..........................................................................................

..........................................................................................

..........................................................................................

..........................................................................................

FOLGE DEINEM *Herzen* – ES FÜHRT DICH AN DIE *schönsten* ORTE.

# BASTELE DIR EIN *Reise-Moodboard!*

Manchmal brauchen Träume einen Schubs!
Wohin wolltest du schon immer einmal reisen?
Mit einem Moodboard kannst du deine Träume visualisieren und hast sie immer vor Augen.

**DU BRAUCHST:**
SCHERE, KLEBER, EINE GROßE PAPPE

SCHNEIDE BILDER AUS ZEITSCHRIFTEN ODER KATALOGEN AUS, DIE ZU DEINEM REISEORT PASSEN, ODER DRUCKE FOTOS AUS. LEGE DIR ZITATE, GLITZER, MUSCHELN, BLÜTEN ODER ANDERE MATERIALIEN ZURECHT – DEINER KREATIVITÄT SIND KEINE GRENZEN GESETZT. ORDNE DIE MATERIALIEN AUF DER PAPPE AN UND KLEBE SIE AUF. DEIN MOODBOARD LÄSST SICH JEDERZEIT ERGÄNZEN ODER VERÄNDERN. DU ALLEIN ENTSCHEIDEST, WAS DICH INSPIRIERT.

HEUTE SCHON GEDOODELT?

# KLEINE ZEICHENSCHULE FÜR UNTERWEGS

Zeichnest du auch so gern wie ich? Diese Doodles zum Nach- und Ausmalen machen nicht nur Spaß, sie eignen sich auch perfekt zum Verzieren von Postkarten, deines Erinnerungstagebuchs (siehe Seite 172), Hausaufgabenhefts oder Bullet-Journals. Probier's doch mal aus!

mal dünn
mal dick
SALUT!
farine
lait
Schnörkelalarm
Bonjour
MON
AMOUR
alles rund

# CAMPFIRE CONES ZUM DAHINSCHMELZEN

Echt jetzt? Eiswaffeln grillen? So hab ich auch zuerst reagiert, als mir Eric davon erzählt hat. Bis ich die leckeren Cones probiert habe, die er für uns gemacht hat. Ich sag dir: Mhmmm! (Stell dir ein Schmatzgeräusch vor.) Für Grillpartys ist das wirklich der Hit. Wenn du den leckeren Snack auch mal probieren willst, hier ist das Rezept:

**DU BRAUCHST:**
4 EISWAFFELN ODER MEHR, OBST (Z.B. BANANEN, HIMBEEREN, ERDBEEREN, BLAUBEEREN), MARSHMALLOWS, SCHOKI, ERDNÜSSE, (ZERBRÖSELTE) OREO-KEKSE, ALUFOLIE. AUF WUNSCH SCHOKO- ODER VANILLESOßE ODER HIMBEERSIRUP.

BEFÜLLE DIE WAFFELHÖRNCHEN NACH GESCHMACK UND WICKELE SIE IN ALUFOLIE. AUF DEM GRILL ODER IM FEUER VON JEDER SEITE 1 BIS 2 MINUTEN GRILLEN, DAMIT DIE ZUTATEN DER FÜLLUNG MITEINANDER VERSCHMELZEN KÖNNEN. MIT DER GRILLZANGE HERAUSNEHMEN, ETWAS ABKÜHLEN LASSEN. VORSICHTIG DIE ALUFOLIE ABPULEN UND AUF WUNSCH DIE WAFFELHÖRNCHEN MIT SCHOKOSOßE ODER HIMBEERSIRUP VERFEINERN.

NICHT NUR DAS ESSEN, SONDERN AUCH DIE SCHÖNEN MOMENTE MACHEN PARTYS UNVERGESSLICH! HIER IST PLATZ FÜR DEINE LIEBSTEN PARTY-ERINNERUNGEN:

............................................................

............................................................

............................................................

............................................................

............................................................

............................................................

............................................................

............................................................

............................................................

GLAMPING, CAMPING, HOTEL, NATUR ODER STADT –

# WELCHER REISETYP BIST DU?

MACH DEN Test!

### 1. IN DEN FERIEN MÖCHTEST DU:

- Natur erleben
- ganz viel Kunst und Kultur sehen
- Wellness und Faulenzen
- Abenteuer pur oder möglichst viel Sport
- viel Zeit auf Balkonien oder im Garten verbringen

### 2. IM URLAUB IST ES FÜR DICH AM WICHTIGSTEN, DASS …

- es jede Menge zu erleben gibt.
- man gut chillen kann, am besten in Strandnähe.
- ich viel Zeit für meine Freund*innen und Familie habe.
- ich alle Sehenswürdigkeiten gut erreichen kann.
- ich möglichst wenig Zeit zwischen vier Wänden verbringen muss.

### 3. IN DEINEN KOFFER GEHÖREN AUF JEDEN FALL …

- ein Reiseführer und Turnschuhe.
- coole Ausgehklamotten für abends.
- ein Buch und Sonnenbrille.
- Welcher Koffer? Ich reise mit Rucksack!
- Welcher Koffer? Ich bleibe zu Hause.

### 4. WOHIN WILLST DU UNBEDINGT MAL REISEN?

- In die Berge oder den Regenwald – da, wo es viel Natur gibt.
- Nach New York, Cannes, London – Hauptsache Weltstadt.
- Ich will jeden Winkel meines Heimatortes erkunden, da gibt es auch viele schöne Ecken.
- Meer oder See – ich liebe den Strand!
- Am liebsten irgendwo in Deutschland.

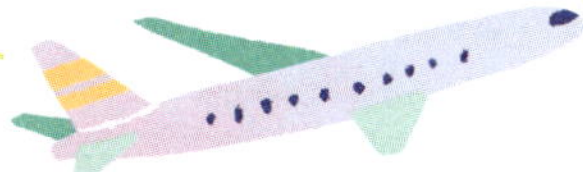

### 5. WELCHES MOTTO PASST ZU DIR?

- Wer viel sieht, kann viel erzählen.
- My home is my castle.
- Extrem ist mein zweiter Vorname.
- Zimmerservice, bitte!
- Ich kenne jedes Tier im Wald persönlich.

### 6. WAS MACHST DU AM ERSTEN URLAUBSTAG?

- Ausschlafen und dann gemütlich frühstücken.
- Erst mal das Freizeitangebot checken, ist ja klar.
- Eine Wellness-Massage habe ich mir nach der anstrengenden Reise verdient, danach chillen am Strand oder Pool.
- Ich seh mir die Sehenswürdigkeiten auf meiner Liste an.
- Gemütlich bei einem Spaziergang die Natur bestaunen.

### 7. WELCHE UNTERKUNFT BRINGT DICH INS TRÄUMEN?

- ein Hotel am Strand
- ein Boutique-Hotel mitten in der Stadt
- mein eigenes Zimmer – da habe ich alles, was ich brauche
- ein kleines Bed & Breakfast auf einem Berg oder ein Zelt in freier Natur
- ein Wohnwagen oder Couchsurfing

### 8. WAS KANN DIR DIE FERIEN SO RICHTIG VERMIESEN?

- Leute, die ständig in Action sind und jede Minute etwas unternehmen wollen.
- Nervensägen, die in die Stille reinquatschen.
- Menschen, die sich nicht für Land und Leute interessieren.
- Leute, die glauben, nur wenn man verreist, hat man Ferien, obwohl man es sich auch zu Hause schön machen kann.
- Leute, die nur am Strand chillen wollen und sich lieber einen Sonnenbrand holen als ein bisschen Action oder Kultur.

### 9. AUS DEN FERIEN BRINGST DU MIT …

- jede Menge tolle Erinnerungen vom Wasserskifahren, Bungee-Jumping oder Sporteln
- eine Freiheitsstatue oder ein Foto von mir vor dem Eiffelturm oder in einem Museum
- eine gesunde Sonnenbräune, einen Berg gelesener Bücher und Muscheln
- ein Erlebnis-Tagebuch und jede Menge Kraft, die ich beim Wandern tanken konnte
- gute Laune und Gelassenheit

### 10. DU ENTDECKST IN DEN FERIEN EINE HÄNGEBRÜCKE. WAS MACHST DU?

- *Ich freue mich, dass ich auch zu Hause noch etwas Neues entdecken konnte.*
- *Erkunden, ist ja wohl klar. Vielleicht kann man dort Bungee jumpen.*
- *Ein Foto, und dann schau ich nach, was es zu der Hängebrücke Wissenswertes zu lesen gibt.*
- *Ich laufe zur Mitte und genieße den Ausblick.*
- *Unwahrscheinlich, dass es am Strand Hängebrücken gibt.*

## Auflösung

HAUPTSÄCHLICH: *Die gechillte Melone* Im Urlaub lässt du es am liebsten ruhig angehen, um dich vom Stress zu erholen. Nichts geht über Ausschlafen, ein schönes Wellness-Programm und reichlich Ruhe und Gelassenheit. Dazu musst du nicht unbedingt weit reisen. Sehr gut. Auf sich zu achten, ist wichtig. Aber die Balance macht's, und so ist der ein oder andere Ausflug auch mal drin.

HAUPTSÄCHLICH: *Der sportliche Apfel* Du brauchst Action. Je mehr, desto besser. Ob Bungee-Jumping, Kite-Surfen oder Erlebnisferien im Dschungel – du bist dabei. Wenn das Adrenalin durch die Adern schießt und du dich auspowern kannst, fühlst du dich glücklich. Bei all der Action bist du aber auch gesellig und weißt, wie du dich am Abend entspannen kannst – und so ein Sonnenuntergang hat schon was Magisches.

HAUPTSÄCHLICH: *Die naturverbundene Erdbeere* Ob Zelten oder Camping – in den Ferien hältst du dich am liebsten draußen auf. Vogelgezwitscher und das Plätschern eines Wasserfalls sind für dich die schönste Musik, denn die Natur und die Ruhe laden deine Batterien auf. Dir macht es auch nichts aus, mal früher aufzustehen, um den wunderschönen Sonnenaufgang zu beobachten. Du achtest stets darauf, wie du die Umwelt schützen kannst.

HAUPTSÄCHLICH: *Die aktive Ananas* Du interessierst dich für Land und Leute. In Museen fühlst du dich wohl. Die Geschichte und die Spuren der Vergangenheit faszinieren dich. Schon vor der Reise suchst du dir Sehenswürdigkeiten raus, die man gesehen haben sollte. Auch fürs Shoppen bist du zu haben. Deshalb sind für dich Städtetouren ideal, um deinen Wissensdurst zu stillen.

HAUPTSÄCHLICH: *Die entspannte Traube* Ferien auf Balkonien oder im Garten – warum nicht? Da spart man sich das lästige Kofferpacken. Und du schaffst es, auch zu Hause Ferienfeeling entstehen zu lassen. Denn du weißt, dass man nicht verreisen muss, um schöne Dinge zu erleben und zu entspannen. Schließlich funkeln die Sterne auch zu Hause wunderschön. Du brauchst nur deine Familie und Freund*innen, um Spaß zu haben.

*Der kunterbunte Obstsalat* Keine Frucht ist bei dir in der Überzahl, oder du hast zwei oder mehr Früchte gleich oft? Herzlichen Glückwunsch, du stehst auf Abwechslung. Immer nur Kultur, Action oder Chillen ist dir zu langweilig. Bei dir macht es die Mischung. Einmal Stadt, einmal Natur. Einmal Action, einmal chillen – du bist unglaublich flexibel und anpassungsfähig. Ob zu Hause oder im Ausland – du weißt, wie du es dir im Urlaub schön machen kannst, und sammelst reichlich Erinnerungen und Erlebnisse.

*PS von Fee: Ich bin der kunterbunte Obstsalat, und du?*

# REISE-RHYTHMUS

STELL DIR DEINE PERSÖNLICHE *Urlaubs-Playlist* ZUSAMMEN!

FEES UND ERICS
TOP 10 - STERNENZELT CHARTS

- ♪ IN THE SUMMERTIME - *Mungo Jerry*
- ♪ SUMMER DREAMING - *Kate Yanai*
- ♫ KOKOMO - *The Beach Boys*
- ♪ SUMMER IN THE CITY - *Joe Cocker*
- ♫ JETZT IST SOMMER - *Wise Guys*
- ♪ EUPHORIA - *Loreen*
- ♪ OK - *Robin Schulz feat. James Blunt*
- ♫ IKO IKO (MY BESTIE) - *Justin Wellington feat. Small Jam*
- ♫ I FOLLOW RIVERS - *Lykke Li*
- ♪ WAKA WAKA - *Shakira*
- ♫ DESPACITO - *Luis Fonsi feat. Daddy Yankee*
- ♪ WALKING ON SUNSHINE - *Katrina and the Waves*
- ♫ BAD HABITS - *Ed Sheeran*
- ♫ WESTERLAND - *Die Ärzte*

## Meine TOP 10

1. ..............................................................
2. ..............................................................
3. ..............................................................
4. ..............................................................
5. ..............................................................
6. ..............................................................
7. ..............................................................
8. ..............................................................
9. ..............................................................
10. ..............................................................

**FEES TIPP:**
SO EINE PLAYLIST VON DEN SONGS, DIE DU IM SOMMER GEHÖRT HAST, MACHT SICH AUCH SUPER IN DEINEM ERINNERUNGSTAGEBUCH! DIE ANLEITUNG FINDEST DU AUF SEITE 172.

GUT GEPLANT IST

# STRESSFREI GEREIST

Vorfreude ist die schönste Freude, heißt es. Hier sind ein paar Anregungen, die dir dabei helfen können, deinen nächsten Urlaub zu planen, um die Vorfreude schon mal ordentlich anzufachen.

## WAS KOSTET DIE REISE:

| | |
|---|---|
| FLUG/BAHN/AUTO | |
| KOSTEN FÜR HOTEL/PENSION/ CAMPINGPLATZ/HOSTEL | |
| ESSEN/TAGESBUDGET | |
| SIGHTSEEING/AKTIVITÄTEN (was will ich machen, wie viel kostet das, lohnt es sich, das vorher zu buchen?) | |
| RESERVE: | |
| Gesamt | |

## ZUM CHECKEN:

- [ ] REISEPASS NOCH BIS MINDESTENS 6 MONATE NACH REISEDATUM GÜLTIG
- [ ] AUSLANDSKRANKENVERSICHERUNG UND REISERÜCKTRITTSVERSICHERUNGEN ABSCHLIEẞEN?
- [ ] ALLE NÖTIGEN IMPFUNGEN ERLEDIGT?
- [ ] WICHTIGE REDEWENDUNGEN IN DER LANDESSPRACHE DES REISELANDES

Bei aller Planung darf der Spaß natürlich nicht zu kurz kommen!

## DARAUF freue ICH MICH:
(zum Einkreisen)

STRAND ★ BERGE ★ MEER ★ EISCREME ★ FOTOGRAFIEREN
SCHWIMMEN ★ CHILLEN ★ NEUES ERLEBEN
MUSCHELN SAMMELN ★ NEUE LEUTE KENNENLERNEN
BOULDERN ★ DAS GIPFELKREUZ ERSTÜRMEN
RADWANDERN ★ AUSSCHLAFEN ★ TAUCHEN ★
FRÜHSTÜCK AM POOL ★ LESEN ★ STERNE ZÄHLEN ★ REITEN
KANU FAHREN ★ ZELTEN ★ LAGERFEUER ★ STEINE SAMMELN
SCHWIMMEN ★ IN DER SONNE BADEN ★ SKI FAHREN
MUSEEN BESUCHEN ★ ABENTEUER

## ICH packe MEINEN Rucksack UND NEHME MIT ...

A ..............................
B ..............................
C ..............................
D ..............................
E Einhornglitzer
F ..............................
G ..............................
H ..............................
I ..............................
J ..............................
K ..............................
L ..............................
M ..............................
N ..............................
O ..............................
P ..............................
Q ..............................
R ..............................
S ..............................
T ..............................
U ..............................
V ..............................
W ..............................
X ..............................
Y ..............................
Z ..............................

# EASY PACKEN MIT PLAN

Das Nervigste am Urlaub ist das Kofferpacken. Die Easy-Packliste sorgt für den perfekten Überblick und hilft mir, nichts zu vergessen. Hier findest du meinen Packplan für eine Woche Ferien. Wenn du länger verreist, brauchst du meist trotzdem nicht mehr, denn auch unterwegs kannst du waschen.

*Übrigens: Falls es mal stressig wird, hilft ein Anti-Stress-Knautschi!*
*Die Anleitung findest du auf Seite 202.*

**FEES PRO-TIPP:**
PACK DEINEN KOFFER ZWEI ODER MEHR TAGE VORHER UND LASS IHN OFFEN STEHEN. SO KANNST DU SACHEN, DIE DIR NOCH EINFALLEN, BIS ZUM LETZTEN MOMENT »NACHPACKEN«.

## DOKUMENTE UND WICHTIGES
(am besten mit Kopie und in wasserdichter Mappe):

- [ ] AUSWEIS ODER REISEPASS (mit Visum, wenn notwendig)
- [ ] KRANKENKASSENKARTE/ AUSLANDSKRANKENVERSICHERUNG
- [ ] IMPFPASS (vorher checken, welche Impfungen nötig sind)
- [ ] GELD UND PORTEMONNAIE
- [ ] SPERRNUMMERN FÜR GELDKARTEN/HANDY
- [ ] TICKETS FÜR BAHN ODER FLUG
- [ ] UNTERLAGEN FÜR DIE UNTERKUNFT
- [ ] NOTFALLNUMMERN

.............................................
.............................................
.............................................
.............................................
.............................................

**EXTRATIPP:**
NUTZE KLEINE WIEDERVERWENDBARE FLÄSCHCHEN ODER REISE NACHHALTIG MIT HAAR- UND DUSCHSEIFE

## KULTURBEUTEL:

- [ ] ZIP-BEUTEL
- [ ] DUSCHZEUG
- [ ] ZAHNBÜRSTE/ ZAHNCREME
- [ ] DEO
- [ ] CREME UND LIPPENPFLEGE
- [ ] NAGELSCHERE (darf bei Flügen nicht ins Handgepäck)
- [ ] BÜRSTE/KAMM
- [ ] HYGIENEARTIKEL
- [ ] HAARGUMMIS
- [ ] TÜCHER
- [ ] HANDTUCH (am besten aus Mikrofaser, das trocknet schnell)

.............................................
.............................................
.............................................
.............................................
.............................................

## KLAMOTTEN

- [ ] 7X UNTERWÄSCHE
- [ ] 3 – 4 T-SHIRTS
- [ ] PULLIS ODER HOODIES
- [ ] JACKE
- [ ] 1 ROCK ODER KLEID
- [ ] TUNIKA ODER STRANDKLEID
- [ ] LANGE HOSE
- [ ] SHORTS
- [ ] BADESACHEN
- [ ] STRÜMPFE
- [ ] 1 PAAR FESTE SCHUHE
- [ ] FLIP-FLOPS
- [ ] SONNENBRILLE/HUT

..............................................

..............................................

..............................................

..............................................

..............................................

..............................................

## REISEAPOTHEKE:

- [ ] PERSÖNLICHE MEDIKAMENTE
- [ ] WUND- UND BLASENPFLASTER
- [ ] KOHLETABLETTEN GEGEN DURCHFALL
- [ ] SCHMERZMITTEL
- [ ] MÜCKENSCHUTZ
- [ ] CREME GEGEN SONNENBRAND
- [ ] TABLETTEN GEGEN ÜBELKEIT

..............................................

..............................................

..............................................

..............................................

..............................................

..............................................

PSST! DAS SOLLTE NICHT FEHLEN: OHRSTÖPSEL *(gegen Schnarcher wie Eric)*, DESINFEKTIONSTÜCHER, EINE KLEINIGKEIT ZU ESSEN, PANZERTAPE *(das kann man vor allem auf Backpacker-Reisen für jede Gelegenheit gebrauchen)*

..............................................................................................

..............................................................................................

**FEES PLATZSPAR-PACK-TIPP:**
PACK ZUERST DIE GROßEN SACHEN EIN, WIE JEANS UND PULLOVER. WENN DU DIE KLEIDUNG ZUSAMMENROLLST, SPARST DU NOCH MEHR PLATZ. IN DIE LÜCKEN KANNST DU KLEINE SACHEN STECKEN.

**NOCH MEHR TIPPS VON FEE:**
WENN DU MIT FAMILIE ODER FREUND*INNEN REIST, PACKT QUER – FALLS MAL EIN KOFFER VERLOREN GEHT. ALLES WICHTIGE UND AUCH EIN SATZ WECHSELKLEIDUNG IST GUT IN EINER TASCHE ODER EINEM RUCKSACK AUFGEHOBEN.

## ENTERTAINMENT:

- ☐ REISEADAPTER FÜR AUSLÄNDISCHE STECKER
- ☐ HANDY UND LADEKABEL
- ☐ POWERBANK UND LADEKABEL
- ☐ EAR BUDS
- ☐ KAMERA, AKKU UND LADEKABEL, SD-KARTE
- ☐ BÜCHER ODER E-BOOK-READER
- ☐ KARTEN- ODER WÜRFELSPIEL
- ☐ TRINKFLASCHE
- ☐ STIFTE/BLOCK

.......................................
.......................................
.......................................
.......................................
.......................................
.......................................

Das brauchst du meistens nicht: Personalausweis, wenn du den Reisepass dabeihast ⋆ Steckdosenleiste ⋆ Bettwäsche ⋆ in manchen Hostels sind Schlafsäcke verboten, weil man sonst Wanzen einschleppen könnte ⋆ Moskitonetz ⋆ Schwimmtiere

# MMHM S'MORES

S'mores – das kommt von »some more«, also »noch etwas mehr«. Und ehrlich, dieser Snack macht süchtig. Zum Glück geht er ganz fix, weshalb man ihn nicht nur am Lagerfeuer genießen kann.

**DU BRAUCHST:**
MARSHMALLOWS, KEKSE, SCHOKOLADE

**AM *Lagerfeuer*:** RÖSTE DIE MARSHMALLOWS LEICHT AN. LEGE DIE SCHOKOLADE AUF EINEN KEKS UND DAS MARSHMALLOW OBENDRAUF. KURZ WARTEN, BIS DIE SCHOKOLADE GESCHMOLZEN IST, ANDEREN KEKS DRAUFLEGEN UND SCHLEMMEN.

***Im* BACKOFEN:** LEGE DIE KEKSE AUF EIN BACKBLECH. GIB ABWECHSELND EIN MARSHMALLOW UND EIN SCHOKOLADENSTÜCK AUF DIE KEKSE. ALLES IN DEN OFEN SCHIEBEN UND BEI 180 GRAD UNGEFÄHR 5 MINUTEN BACKEN. DANACH DIE KEKSE ZUSAMMENSETZEN UND GENIEßEN.

FEES TIPP:
NOCH LECKERER WIRD DAS GANZE MIT OBST WIE BANANENSCHEIBEN, HIMBEEREN ODER BLAUBEEREN. PROBIERE ES AUS, DEINER VARIATIONSLUST SIND KEINE GRENZEN GESETZT.

KREUZ- UND QUERFELDEIN

# DIE RÄTSELNUSS FÜR DEIN GEHIRN

Machst du auch manchmal gern ein bisschen Gehirnjogging? Kreuzworträtsel sind optimal dafür. Ich bin gespannt, ob du das Lösungswort knacken kannst. Es sagt dir, was du auf jeden Fall bist und nie vergessen solltest. Viel Spaß!

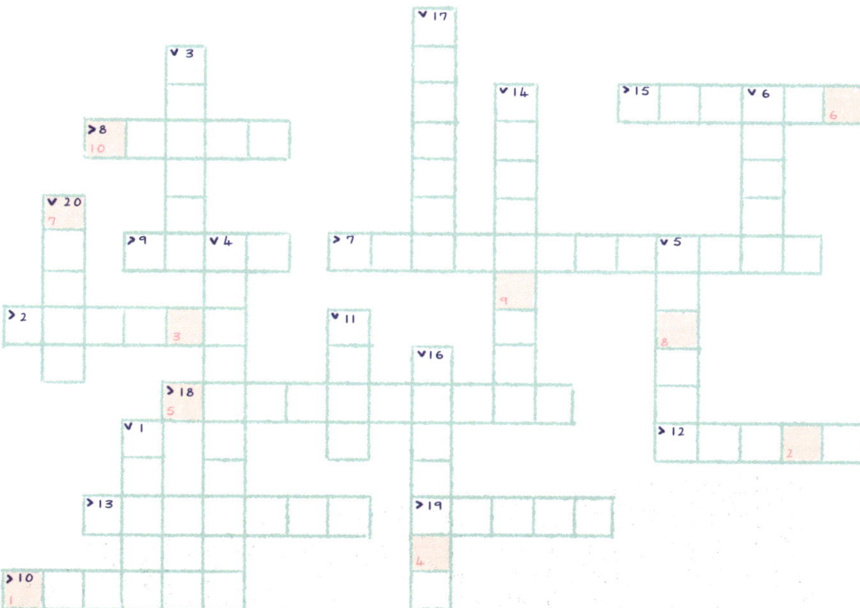

Lösungswort

DAS BIST DU: 1 2 3 4 5 6 7 8 9 10

FEES TIPP:
KNABBERN SOLL JA BEIM DENKEN HELFEN. MIT DEN CAMPFIRE CONES AUF SEITE 154 ODER DEN S'MORES AUF SEITE 168 BRINGST DU DEIN GEHIRN NOCH MEHR AUF ZACK.

## FRAGEN:

1. HAUPTSTADT VON FRANKREICH
2. FISCH ODER ZELTBEFESTIGUNG
3. LEUCHTEN AM NACHTHIMMEL
4. KNISTERT UND WÄRMT
5. ISST FEE GERN AM LAGERFEUER
6. SURRT UND STICHT
7. ERIC IST MANCHMAL EIN ECHTER …
8. WOLKE-7-GEFÜHL
9. UNTERSCHLUPF AUS STOFF
10. FLIEßT IM FLUSS UND KANN MAN TRINKEN
11. EINE ART BOOT
12. FRANZÖSISCH »HALLO«
13. KANN MAN ALLEIN ODER ZUSAMMEN, MACHT MAN IM SCHLAF
14. DAS MACHT EIS IN DER SONNE
15. HEIßE JAHRESZEIT
16. AUF DIE KANN MAN SICH VERLASSEN
17. GERÄT ZUR ORIENTIERUNG
18. BEWAHREN WIR IM GEDÄCHTNIS AUF
19. MUSS GESCHÜTZT WERDEN
20. ZWITSCHERT UND TRÄLLERT

*Die Lösung findest du auf Seite 220.*

GESTALTE DEIN EIGENES

# ERINNERUNGSTAGEBUCH

Durch deine Erinnerungen kannst du jede Reise erneut erleben. Hilf deinem Gedächtnis auf die Sprünge und halte die schönsten Momente fest. Hier findest du eine Anleitung, wie du dir dein ganz persönliches Erinnerungstagebuch basteln kannst. Mit Seiten zum Kopieren und Einheften!

**DU BRAUCHST:**
1 ALTE JEANS/T-SHIRT ODER AUCH EIN POSTER, MEHRERE DIN-A4-SEITEN, BASTELPAPPE ODER TONKARTON, KLEBER, SCHERE, FADEN, LOCHER

KOPIERE DIE NACHFOLGENDE DOPPELSEITE BELIEBIG OFT UND KNICKE SIE IN DER MITTE. LOCHE DIE SEITEN * SCHNEIDE AUS DER BASTELPAPPE ZWEI STÜCKE IN A5-GRÖSSE ZU. LOCHE DIE BEIDEN PAPPESTÜCKE * LEGE EINES DER STÜCKE ÜBER UND EINES UNTER DEINE GEFALTETEN DOPPELSEITEN, SODASS ALLE LÖCHER ÜBEREINANDERLIEGEN * FÄDELE DEN FADEN DURCH DIE LÖCHER, VERKNOTE IHN AUF DER RÜCKSEITE UND SICHERE DEN KNOTEN MIT ETWAS BASTELKLEBER * SCHNEIDE EIN PASSENDES STÜCK AUS EINER ALTEN JEANS HERAUS, AM BESTEN DEN TEIL MIT DER GESÄSSTASCHE. IN DER TASCHE KANNST DU DANN WEITERE ERINNERUNGEN UND STIFTE AUFBEWAHREN * KLAPPE DAS HEFT AUF UND LEGE ES

AUF DEN HOSENSTOFF. DANN KLAPPE DEN STOFF EINEN FINGERBREIT UM UND KLEBE DIE KANTE AN DER PAPPE FEST. ★ DASSELBE MACHST DU AUF DER RÜCKSEITE. FERTIG!

☺

FEES TIPP:
DU KANNST DEIN ERINNERUNGSTAGEBUCH AUCH MIT GESCHENKPAPIER ODER EINEM BESONDERS SCHÖNEN LANDSCHAFTSPOSTER EINBINDEN, ZUM BEISPIEL VON DEINEM REISEORT. VIELLEICHT HAST DU JA LUST, FOTOS, TICKETS ODER EINE HÜBSCHE POSTKARTE EINZUKLEBEN? ODER DU VERZIERST DEIN ERINNERUNGSTAGEBUCH MIT KLEINEN DOODLES! EINE MINI-ZEICHENSCHULE FINDEST DU AUF SEITE 152.

EXTRATIPP:
AUF SEITE 176 FINDEST DU DIE ANLEITUNG FÜR EINE ERINNERUNGSSCHATZTRUHE. FÜR ALLE MITBRINGSEL, DIE IM TAGEBUCH KEINEN PLATZ FINDEN!

DIE *schönsten* MITBRINGSEL VON JEDER REISE SIND *unvergessliche* EINDRÜCKE!

DATUM: ..................................................

WO: ..................................................

ZUSAMMEN MIT: ..................................................

WETTER: ..................................................

STIMMUNG: ☹ ☹ ☺ ☺ ☺

*Lieblings*MOMENT

BESONDERES *erlebt*

BESONDERES *gegessen*

*Sehenswürdig* WAR:

Lieblingszitat:

(NEUES) KENNENGELERNT:

FALLS ICH NOCH MAL WIEDERKOMME, WÜRDE ICH GERNE ERLEBEN:

SCHNAPPSCHUSS DES TAGES: (Platz zum Malen oder für ein Foto)

# DEINE FERIEN IM SCHUHKARTON

Nach meiner Zeit in Frankreich wollte ich die strahlenden Momente am liebsten in die Tasche packen und mit nach Hause nehmen. Leider wollte Eric partout nicht in den Koffer. Und das Erinnerungstagebuch hat mir nicht für all meine Schätze gereicht. Daher habe ich mir eine Erinnerungsschatzkiste gestaltet – für alles, was sich nicht aufschreiben oder ins Tagebuch einkleben lässt. In einer Schatzkiste kannst du Federn, Muscheln, Tickets, Getränkeschirmchen, gepresste Blumen, Fotos und viele weitere Andenken an deine Reise sammeln. Hole die Kiste immer wieder hervor und tauche ins Ferienfeeling ab.

*Viel Spaß beim Träumen und Erinnern!*

**DU BRAUCHST:**
1 SCHUHKARTON, FARBEN, TONKARTON, STICKER ODER ANDERE SACHEN ZUM VERZIEREN

SCHNEIDE AUS DEM TONKARTON EIN STÜCK AUS, DAS SO LANG IST WIE DEIN SCHUHKARTON, ABER ETWAS BREITER.

KLEBE ES SO AUF DEN DECKEL, DASS OBEN EINE WÖLBUNG WIE BEI EINER SCHATZTRUHE ENTSTEHT.

SCHNEIDE NUN PASSEND DIE SEITENTEILE AUS DEM TONKARTON UND KLEBE SIE SEITLICH AN DEN TONKARTON-DECKEL, SODASS DAS LOCH DER WÖLBUNG VERSCHLOSSEN IST.

MALE DEINE SCHATZTRUHE NACH WUNSCH AN UND VERZIERE SIE, ZUM BEISPIEL MIT AUS TONKARTON GESCHNITTENEN SCHARNIEREN.

**FEES TIPP:**
NATÜRLICH KANNST DU DEINE SCHUHKARTON-SCHATZTRUHE AUCH IN EINEM ANDEREN DESIGN GESTALTEN, ZUM BEISPIEL SOMMERBUNT ANMALEN UND MIT BLUMEN, MUSCHELN ODER HERZEN VERZIEREN. ODER DU BEKLEBST SIE MIT SCHÖNEM GESCHENKPAPIER, WASHI-TAPE ODER POSTERN. VIEL SPAß!

# DOS & DON'TS AUF REISEN

Es gibt viele tolle Reise- und Ferienangebote, die man nutzen kann. Doch auch wenn man mit einer Gruppe, Familie oder Freund*innen reist, ist man ja nicht immer mit Reiseleiter*in oder Stadtführer*in unterwegs. Und das Reiseland abseits der üblichen Touristenpfade zu entdecken, kann jede Menge Spaß machen. Wie bei allem gilt aber auch hier: Ein gesundes Maß an Vorsicht kann nie schaden. Und es gibt ein paar typische Fettnäpfchen, die man gut vermeiden kann. Meine wichtigsten Dos and Don'ts habe ich dir hier aufgelistet:

★ *Informiere dich vorher über dein Reiseziel und auch über Viertel, die gegebenenfalls als unsicher gelten. Es gibt viele gute Reiseblogs, die persönliche Erfahrungen weitergeben.*

★ *Packe angemessene Kleidung ein, die den Gepflogenheiten deines Reiselandes entspricht. Das ist ein Zeichen von Respekt – und du willst ja vielleicht auch nicht gleich als Touri auffallen.*

★ *Allein reisen ist schön, mit der BFF oder in einer Gruppe von Freund*innen oder Familie macht es noch mehr Spaß.*

* *Sei vorsichtig bei Großveranstaltungen und in Menschenmassen. Lass deine Tasche und dein Portemonnaie nicht aus den Augen. Am besten trägst du sie unter der Jacke oder dem T-Shirt und bewahrst dein Geld und wichtige Dokumente nie nur an einer Stelle auf, sondern am besten getrennt voneinander.*

* *Verstecke Wertsachen wie deine Reserve-Geldkarte oder Bargeldreserve am besten in wertlosen Gegenständen, z. B. in benutzten Socken, der Tamponverpackung oder dem Wäschesack. Du kannst auch eine leere Shampooflasche oder Sonnencremetube dafür verwenden. Hier solltest du dein Geld besser nicht aufbewahren: Seitentaschen von Koffer und Rucksack – dort ist es leichte Beute!*

* *Mach von wichtigen Dokumenten Kopien und schreib dir Notrufnummern auf, wie z. B. die der Botschaft und Polizei. Karten und Dokumente kann man mit der Nummer 116116 weltweit sperren lassen.*

* *Trickbetrüger arbeiten mit Tricks. Während dich jemand anspricht und dich auf einen Fleck hinweist oder dir was verkaufen will, räumt jemand anders deine Tasche aus. Sei daher wachsam.*

* *Nimm dir lieber ein Taxi, als nachts allein durch dunkle Straßen zu laufen. Achte darauf, dass die Taxis eine Lizenz haben. Das erkennt man meist an Schildern im Fenster.*

* *Nimm dir ein gutes, stabiles Vorhängeschloss mit, um in Hostels, Zug oder Bus deine Sachen abschließen oder anketten zu können.*

* *Erzähle anderen, wenn du ausgehst, wo du hingehst. Mit Apps wie Wayguard, isharing oder Woist gehst du auf Nummer sicher, denn dadurch können Freund*innen und Familie sehen, wo du gerade bist. Im Notfall nicht zu unterschätzen.*

* *Mit einem Taschenalarm als Schlüsselanhänger kannst du in Notfällen auf dich aufmerksam machen.*

* *Verlasse Bars und Discos nicht mit Leuten, die du gerade erst kennengelernt hast.*

* *Die Nähe anderer Menschen an öffentlichen Plätzen und Bushaltestellen kann vor ungewollter Aufmerksamkeit schützen.*

* *Behalte deine Getränke im Auge und sei vorsichtig, wenn du einen Drink von Fremden annimmst. Achte am besten darauf, dass die Getränke vor deinen Augen zubereitet werden, und nimm nichts aus unverschlossenen Flaschen. Better safe than sorry.*

* *Setze Grenzen. Jede Höflichkeit hat auch mal ein Ende, wenn es dir zu viel wird. Egal, ob tags oder nachts, du darfst ruhig auch mal schwindeln, wenn du dich unwohl fühlst.*

★ Du fühlst dich zu schüchtern, um Kontakte zu knüpfen? Such dir einen Kurs für eine Beschäftigung, die dir Spaß macht. So kommst du mit Gleichgesinnten schnell in Kontakt. Und versuche die Lächel-Challenge – jeden Tag jemanden anzulächeln, den du sympathisch findest, kann dein Selbstvertrauen aufbauen. Der Gemeinschaftsraum eines Hostels oder Couchsurfing sind ebenfalls gute Möglichkeiten, neue Leute kennenzulernen. Lies dir vorher aber unbedingt die Bewertungen für deine Gastgeber*innen durch.

**DAS WICHTIGSTE:** GENIESSE DIE ZEIT UND SAMMELE WUNDERVOLLE ERINNERUNGEN FÜR GRAUE TAGE.

## Meine eigenen Survivaltipps:

ANDERE LÄNDER, ANDERE SITTEN

# SCHMUNZELFAKTEN AUS ALLER WELT

In unserer Welt gibt es viel zu entdecken. Darunter auch so manches Kuriose. Kreuze an! Die Lösung findest du auf Seite 220.

MAN DARF SICH IN *französischen* ZÜGEN NICHT KÜSSEN. ✓ ✗

IN *Frankreich* DARF MAN SEIN SCHWEIN NAPOLEON NENNEN. ✓ ✗

✓ ✗ *In Paris gibt es nur ein Stoppschild.*

IN *Paris* GIBT ES FÜNF FREIHEITSSTATUEN. ✓ ✗

IN *Albanien* SCHÜTTELT MAN DEN KOPF FÜR JA UND NICKT FÜR NEIN. ✓ ✗

IN *Japan* VERRATEN PAPIERKÖRBE, IN WELCHEM KIEZ MAN SICH GERADE BEFINDET. ✓ ✗

IN *Costa Rica* GIBT ES KEINE ADRESSEN. DIE BESCHREIBUNG DER UMGEBUNG AUF BRIEFEN KANN DAHER LANG SEIN. ✓ ✗

AUF *Malta* GEHEN DIE KIRCHTURMUHREN FALSCH, UM DEN TEUFEL ZU VERWIRREN. ✓ ✗

IN *Florida* SOLLTE MAN BESSER NICHT AM STRAND IM BADEANZUG SINGEN. ✓ ✗

In Neuseeland gibt es einen Herr-der-Ringe-Minister, der die durch die Filme ausgelösten Tourismus-Einnahmen verwaltet.

Handzeichen sind die einfachste Art der Verständigung.

Auf Island gibt es keine Elfenbeauftragten.

In Wien gibt es Ampelpärchen, manche davon sind gleichgeschlechtlich, und wenn die Ampel auf Grün schaltet, leuchtet ein Herz auf.

In Indiana in den USA darf man nach Knoblauchgenuss vier Stunden lang nicht ins Kino oder Theater.

Der Nachname des Regisseurs Steven Spielberg ist ein Ort in Österreich.

In England wird man bestraft, wenn man eine Briefmarke mit dem Abbild der Queen bzw. des Kings verkehrtherum aufklebt.

KEEP CALM,

# EIN MANDALA ZUM ABSCHALTEN

Malen kann unglaublich entspannend sein! Finde ich zumindest. Vielleicht hilft es dir ja auch. Viel Spaß beim kreativen Kritzeln.

**FEES TIPP:**
FÜR NOCH MEHR ENTSPANNUNG SCHAU DIR DOCH MAL DAS 3 MINUTEN YOGA AUF SEITE 200 AN.

# SURVIVAL-TIPPS FÜR ALLE FÄLLE

Als ich mich im Wald verlaufen habe, war das ein schöner Schreck. Hier habe ich dir ein paar nützliche Tipps für solche Notfallsituationen aufgelistet:

**Dreier-Survival-Regel:**

3 MINUTEN OHNE ATEMLUFT
3 STUNDEN OHNE KÄLTE-/WITTERUNGSSCHUTZ
3 TAGE OHNE TRINKWASSER
3 WOCHEN OHNE ESSEN

→ Gerätst du in eine Notsituation, kannst du anhand dieser Regel feststellen, worum du dich am dringendsten kümmern solltest. Hast du dich zum Beispiel verlaufen, ist Atemluft vermutlich dein geringstes Problem. Bei Regen brauchst du einen Unterschlupf, damit du nicht auskühlst. Bist du verletzt, solltest du dich erst um deine Wunden kümmern. Und zuallererst durchschnaufen, denn Panik vernebelt die Gedanken.

→ Brauchst du Hilfe, melde deinen Standort und verlasse ihn nicht. Mache mit einer Lampe auf dich aufmerksam.

→ Versuche, die Lage zu überblicken.
Das geht am besten von einem höher gelegenen Punkt aus.

→ Lege eine Karte an. Wo sind Gefahrenquellen (Geröll, Fluss, Schluchten etc.)? Wo sind Hilfsmittel (Trinkwasser, Essen)? Gibt es Häuser in der Nähe oder eine Straße, einen Fluss, denen du folgen kannst?

→ Orientiere dich an Sonne oder Sternen. Das geht auch mit einer Armbanduhr mit Ziffern, wenn du keinen Kompass hast. Wichtig ist zu wissen, dass Westen links ist und Osten rechts. Die Buchstaben ergeben das Wort »Wo«. Die Sonne geht im Osten auf und im Westen unter, also im Uhrzeigersinn. Wenn du mit der Armbanduhr die Himmelsrichtungen bestimmen willst, halte die Uhr waagerecht zum Boden und richte den kleinen Zeiger auf die Sonne. Die halbe Entfernung zur Zwölf im Uhrzeigersinn (vormittags) bzw. gegen den Uhrzeigersinn (nachmittags) zeigt dir, wo ungefähr Süden ist.
Hast du keine Uhr zur Hand, kannst du die Schattenstockprobe machen. Stecke den Stock in den Boden. Der Schatten zeigt dir an, aus welcher Richtung die Sonne kommt.
Nachts helfen dir die Sterne weiter. Der Polarstern ist der hellste Stern im Sternbild Kleiner Wagen/Kleiner Bär. Dort, wo er leuchtet, ist Norden.

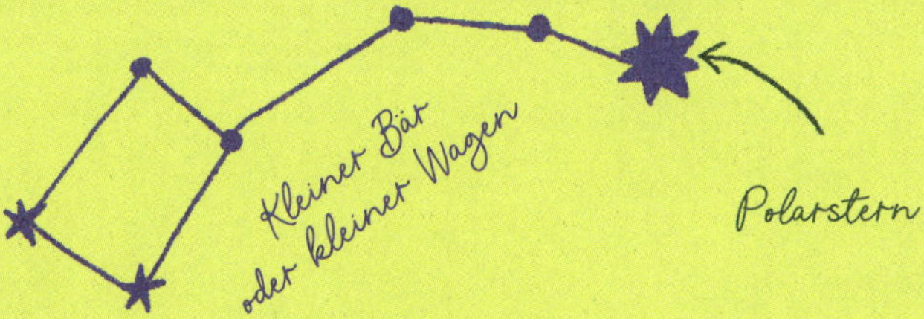


→ Wichtig: Koche Flusswasser ab, bevor du es trinkst, und mach keine Experimente mit Pflanzen, die du nicht kennst.

→ **WALDBRANDGEFAHR:** Im Sommer, wenn der Boden ausgetrocknet ist, kann schon eine Scherbe oder ein Stück Glitzerfolie ein Feuer auslösen. Achte deshalb darauf, dass beim Camping oder nach einem Picknick kein Müll liegen bleibt. Mach kein Lagerfeuer im Wald oder auf Gras, sondern nur an ausgewiesenen Plätzen.
Bei einem Waldbrand solltest du Kopf und Augen vor Funkenflug schützen, mit Hut und Sonnenbrille. Ein feuchtes Tuch vorm Mund schützt vor Rauch. Bewege dich seitlich in Windrichtung vom Feuer weg. Benachrichtige die Feuerwehr. Im Wald weisen weiße Kreuze auf grünen Schildern die Nummern von Rettungspunkten aus und helfen den Einsatzkräften zur Orientierung. Umgefallene Kegel/Pylonen sollte man liegen lassen und nicht aufstellen, denn sie dienen der Feuerwehr als Richtungsweiser.

→ **ERSTE-HILFE-TIPPS BEI SONNENBRAND:** Oje, trotz aller Sorgfalt ist das schnell passiert. Und es brennt ganz fies. Kühle die Haut mit lauwarmem Wasser. Kaltes Wasser würde sie noch mehr reizen. Unter der Dusche nicht schrubben, sondern vorsichtig tupfen. Danach mit einer kühlenden Pflegecreme, zum Beispiel mit Aloe Vera, eincremen. Und denk dran, viel zu trinken, um die Flüssigkeitsspeicher aufzufüllen. Ganz wichtig ist jetzt, dass du die Sonne auch in den folgenden Tagen meidest und in den Schatten gehst. Bedecke den Sonnenbrand und creme dich gut ein. Sollten sich Blasen bilden, dir übel werden oder solltest du Kopfschmerzen bekommen, ist der Besuch beim Arzt ratsam.

## Sundowner FÜR DEINE HAUT:

→ NACH DEM SONNENBADEN IST DIR DIE HAUT DANKBAR FÜR PFLEGE. ALOE-VERA-GEL IST DAFÜR PRIMA GEEIGNET, DENN ES KÜHLT SEHR ANGENEHM. DU HAST GRAD KEIN ALOE-VERA-GEL ZUR HAND, ABER TRINKST GERN GRÜNEN TEE? DER TUT, ABGEKÜHLT, AUCH DEINER HAUT GUT, WENN DU IHN AUFTRÄGST. ODER VERSUCH MAL MEINE GUTE-LAUNE-PFLEGE: MISCHE DREI ESSLÖFFEL OLIVENÖL, KOKOSÖL ODER SONNENBLUMENÖL MIT DREI TROPFEN LAVENDELÖL. DAS DUFTET HERRLICH NACH SOMMER UND PFLEGT.
WICHTIG: NICHT AUF OFFENE WUNDEN AUFTRAGEN UND VORHER IN DER ARMBEUGE AUSPROBIEREN, UM ALLERGISCHE REAKTIONEN ZU VERMEIDEN!

# SCHOKO-STOCKBROT ZUM TRÄUMEN

Am Lagerfeuer, wenn die Funken wie kleine Sterne glitzern, knistert die Romantik förmlich. Und weil Liebe durch den Magen geht, hab ich euch mein Lieblings-Stockbrot-Rezept mitgebracht.

**DU BRAUCHST:**
200 G QUARK, 4 ESSLÖFFEL MILCH, 8 ESSLÖFFEL ÖL,
2 EIER, 400 G MEHL, 1 PÄCKCHEN BACKPULVER,
1 PRISE SALZ, 1 TEELÖFFEL ZIMT, 50 G SCHOKOLADE
(GERASPELT ODER ALS STÜCKCHEN)

- QUARK, ÖL, MILCH UND EIER VERRÜHREN.
- MEHL, BACKPULVER, ZIMT UND SALZ VERMISCHEN.
- UNTER DIE QUARK-ÖL-MISCHUNG GEBEN UND VERRÜHREN.
- (GERASPELTE) SCHOKOLADENSTÜCKCHEN UNTERHEBEN.
- TEIG IN 8 BIS 10 STÜCKE TEILEN UND UM EINEN STOCK WICKELN.
- DAS STOCKBROT UNTER STÄNDIGEM DREHEN ÜBER DEM FEUER RÖSTEN – UND DANN GENIEßEN!

ERICS TIPP:
FEE IST EINE NASCHKATZE. IHR KANN ES GAR NICHT SÜß GENUG SEIN. ABER NATÜRLICH SCHMECKT DAS STOCKBROT AUCH OHNE SCHOKOLADE UND ZIMT, NUR MIT BUTTER. ICH STREUE MIR GERN AM ENDE NOCH EINE PRISE ZUCKER ODER SALZ DRÜBER. UND WIE VIELE ANDERE REZEPTE GIBT ES AUCH STOCKBROTTEIG IN VEGAN. DAZU FINDEST DU IM INTERNET VIELE ALTERNATIVEN.

# STERNBILD-KINO

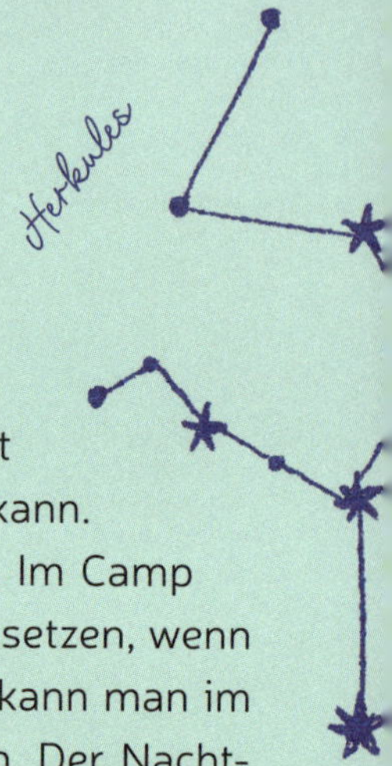


In unseren Städten sind die Sterne rar geworden. Alles ist hell, und wir merken kaum noch, wie schön die Nacht sein kann. Deshalb bin ich inzwischen zur Nachtretterin geworden. Im Camp habe ich besonders darauf geachtet, nur dann Licht einzusetzen, wenn es nötig war, um die Nachttiere zu schützen. Außerdem kann man im Dunkeln das funkelnde Spektakel viel besser beobachten. Der Nachthimmel ist nämlich wie eine große Sternen-Leinwand und hat seinen ganz eigenen Zauber. Eric hat mir ein paar der Sternbilder gezeigt. Kannst du sie draußen am Himmelszelt entdecken?

Kleiner Bär / kleiner Wagen
Haar der Berenike
nördliche Krone
Bärenhüter / Bootes
Schlange
Jungfrau
Waage
N
O
W
S

## TRÄUME- UND WÜNSCHEGLAS FÜR

# MARMELADENGLASMOMENTE

Kennst du diese Tage, an denen es dir so richtig gut geht und du die ganze Welt umarmen könntest? Klar, das sind Lieblingstage! Aber dann gibt es auch immer mal wieder diese Momente, in denen du etwas Aufmunterung gebrauchen könntest ... Wie wäre es, wenn du schöne Augenblicke von einem Lieblingstag in einem Marmeladenglas aufhebst, damit du sie an nicht so guten Tagen hervorzaubern kannst?

**TIPP:**
IN DEINEM MARMELADENGLAS KANNST DU NICHT NUR SCHÖNE MOMENTE SAMMELN, SONDERN AUCH WÜNSCHE ODER MOTIVATIONS- UND ACHTSAMKEITSZITATE. DANN KANNST DU JEDEN TAG EINEN ZETTEL HERAUSZIEHEN UND UMSETZEN, WAS DARAUF STEHT.

**DU BRAUCHST:**
MARMELADENGLAS, FARBE, ZETTEL, STIFTE, FEDERN, GLITZER, STICKER, GETROCKNETE BLÄTTER UND BLUMEN ODER ANDERE DEKO

MALE DAS GLAS NACH DEINEN WÜNSCHEN AN ODER BEKLEBE ES MIT STICKERN, FEDERN ODER GETROCKNETEN BLUMEN.

NIMM EINEN ZETTEL UND SCHREIB DEINE WÜNSCHE ODER MOTIVATIONEN DARAUF.

FALTE DEN ZETTEL UND WIRF IHN IN DAS GLAS.

ZIEHE EINEN ZETTEL UND LASS DICH VON DEINEN MARMELADENGLASMOMENTEN VERZAUBERN/AUFMUNTERN.

TIPPS UND TRICKS

# NACHHALTIG REISEN

Unsere Müllsammelaktion im Camp hat mir sehr viel Spaß gemacht, obwohl sie anders verlief als geplant. Sie hat mir gezeigt, dass man sich auch im Urlaub und in den Ferien für Umwelt und Natur engagieren kann. Ob Wassersparen, Müllsammeln, Plastikvermeiden – schon mit kleinen Dingen kann man viel dazu beitragen.
Wenn es in den Urlaub gehen soll, gibt es am Anfang natürlich einige Fragen zu beantworten. Schau dich dazu doch mal auf den folgenden Seiten um.

**FEES TIPP:**
JE WEITER DER FLUG, DESTO LÄNGER SOLLTE DER URLAUB SEIN. MANCHE ORGANISATIONEN WIE ATMOSFAIR BIETEN $CO_2$-AUSGLEICHSZAHLUNGEN. DAS GELD WIRD IN UMWELTPROJEKTE INVESTIERT. KLAR IST: VERMEIDEN IST NATÜRLICH IMMER BESSER ALS KOMPENSIEREN.

## WAS IST DIR *wichtig*? (zum Einkreisen)

STRAND ★ ABENTEUER ★ ENTSPANNUNG ★ SPORT

BERGE ★ SEE ★ VIEL NATUR ★ STADT ★ PARTY ★ KULTUR

EHER EINSAM ★ VIELE MENSCHEN ★ FAMILIE ★ FREUNDE

SPRACHREISE ★ REISELEITER:IN/NATURE GUIDE ★ CAMPING

HOTEL ★ HOSTEL ★ COUCHSURFING ★ RUNDREISE

## SO BEREITEST DU DEIN *Zuhause* FÜR DEINE ABWESENHEIT VOR:

- ☐ ALLE STECKER RAUS? ..............................
- ☐ KÜHLSCHRANK GELEERT? ..............................
- ☐ MÜLL ENTSORGT? ..............................
- ☐ IM WINTER: HEIZUNG KORREKT EINGESTELLT ..............................
..............................
- ☐ WER KÜMMERT SICH UMS HAUSTIER? ..............................
..............................

## DIESE *Fragen* KANNST DU DIR STELLEN, UM AUCH IM *Urlaub* AUF *Nachhaltigkeit* ZU ACHTEN:

- *Sind Bahn oder Bus eine mögliche Alternative zu Flugzeug oder Auto?*
- *Interrail-Pass buchen?*
- *Kompensation des $CO_2$-Abdrucks selbst oder durch Reiseveranstalter/Airline, z. B. bei Organisationen wie Atmosfair?*
- *Hat das Hotel ein Gütesiegel? z. B. Earthcheck, EU-Ecolabel, Green Globe, Green Key, TourCert oder Viabono?*

## NOCH MEHR TIPPS:

- *Auch im Urlaub kannst du Plastik vermeiden. Nimm einen Stoffbeutel und eine Trinkflasche mit.*

- *Mach dir vor der Reise Gedanken, was du erleben möchtest und wie du es erreichen kannst.*

- *Bleib bei Erkundungstouren auf befestigten Wegen oder schließe dich geführten Wanderungen an, um die Natur zu schonen.*

- *Selbstverständlich ist, dass man Müll nicht in der Natur liegen lässt und achtsam mit der Umwelt umgeht.*

- *Kaufe regionale Produkte.*

- *Mit welchen Verkehrsmitteln reisen Einheimische? Mach es ihnen nach.*

- *Wasser ist in vielen Ländern ein knappes Gut. Spare Wasser, wenn es geht. Dazu gehört auch, dass Handtücher nicht täglich gewechselt werden. Das ist in den seltensten Fällen notwendig.*

- *Du willst dich noch stärker engagieren? Auch viele Umweltorganisationen bieten Naturcamps und die Mitarbeit an Umweltprojekten an.*

Meine EIGENEN Ideen für nachhaltiges Reisen:

# 3 MINUTEN YOGA FÜR DIE SEELE

## SEI EIN WUNDERSCHÖNER *Schmetterling*

Setz dich auf den Boden. Lehn dich nach vorne und leg die Fußsohlen aneinander. Lass die Knie dazu nach außen fallen. Umschließe die Füße mit den Händen und ziehe sie so nah wie möglich an den Körper. Lege die Hände auf die Knie. Lass den Schmetterling fliegen, indem du mit den Knien nach oben und unten wippst. Atme tief ein und aus. Halte die Position 3 Minuten oder so lange, wie du es schaffst. Verlasse die Position, indem du die Hände hinter dem Körper abstützt. Strecke die Beine langsam nach vorne. Falls dir nicht schwindelig ist, kannst du langsam aufstehen.

## SEI EINE *Träumerin*

Leg dich flach auf den Boden, die Hände neben den Körper. Schließ die Augen und stell dir einen plätschernden See vor, einen Garten, eine Gebirgslandschaft oder ein rauschendes Meer. Die Sonne scheint, du spürst die Wärme. Lass deine Gedanken auf Wanderschaft gehen und erträume dir einen paradiesisch schönen Tag.

## SEI EINE Superheldin

Stell dich breitbeinig hin und stemme die Hände in die Hüften. Atme tief durch und lächle. Wenn du Lust hast, kannst du auch schreien. Das befreit!

## SEI EIN Storch

Beuge den Körper nach vorne. Bringe die Arme so nah wie möglich an die Beine und umfasse mit den Händen die Fußgelenke. Der Rücken ist rund. Atme ein und aus. Halte die Position 3 Minuten oder so lange du kannst. Roll dich dann langsam wieder auf.

## SEI EIN Baum

Stelle dich auf ein Bein und drücke deinen Standfuß fest in den Boden. Lege den anderen mit der Sohle an deinen Oberschenkel. Achte darauf, die Hüfte dabei nicht zur Seite zu schieben. Falte die Hände vor der Brust. Richte den Blick auf einen Punkt. Atme tief ein und aus, und lass deine Gedanken zur Ruhe kommen.

# Mehlknautschis gegen Stress

Urlaub ist leider nicht immer nur entspannt. Mein Tipp: Bastel dir einen Ommm-Knautschball. Der hilft auch in anderen Stresssituationen!

**DU BRAUCHST:**
LUFTBALLONS, WASSERFESTE MARKERSTIFTE, MEHL, KLEINE FLASCHE ODER TRICHTER

BEFÜLLE DIE FLASCHE ZUR HÄLFTE MIT MEHL. BLASE EINEN LUFTBALLON AUF UND ZIEHE DIE ÖFFNUNG ÜBER DIE MEHLFLASCHE.

DREHE DIE MEHLFLASCHE UM, DAMIT DAS MEHL IN DEN LUFTBALLON LÄUFT. DU MUSST DIE FLASCHE DAZU IMMER EIN WENIG SCHÜTTELN.

IST DAS MEHL IM LUFTBALLON, ZIEHE DIE FLASCHE HERAUS UND HALTE DEN LUFTBALLON OBEN ZU.

LASS DIE RESTLICHE LUFT LANGSAM HERAUS. NICHT SCHNELL, SONST HAST DU EINEN MEHLSPRINGBRUNNEN. SCHÜTTELE DEN LUFTBALLON MEHRMALS AUF, BIS DIE RESTLICHE LUFT ENTWICHEN IST.

VERKNOTE DEN LUFTBALLON, ZIEHE DEN ZWEITEN LUFTBALLON DRÜBER UND MALE IHM EIN GESICHT AUF.

**ACHTUNG:**
DU SOLLTEST DIE KNAUTSCHIS NICHT IN DIE SONNE LEGEN, DA SIE SONST PLATZEN KÖNNEN. NACH EINER WEILE KÖNNEN DIE BALLONS AUCH BRÜCHIG WERDEN, DAHER BEWAHRST DU SIE AM BESTEN IN EINEM BEHÄLTER AUF, DAMIT SICH DAS MEHL IM FALL EINES RISSES NICHT ÜBERALL VERTEILT.

# DIGITAL DETOX CHALLENGE

Während der Zeit im Camp habe ich mein Handy kaum genutzt - und das hat mir echt gutgetan! Nichts bimmelt, rattert, vibriert oder dudelt. Man kann mal völlig abschalten und die digitale Welt vergessen.
Mach doch mal eine Digital Detox Challenge. Dazu musst du natürlich erst mal tracken, wie lange du dein Handy überhaupt nutzt. Und glaub mir, das ist mehr, als du denkst. Schreib es einen Tag oder eine Woche lang auf. Tipp: Die Info findest du in den Handy-Einstellungen.

| App | ZEIT MO | ZEIT DI | ZEIT MI | ZEIT DO | ZEIT FR | ZEIT SA | ZEIT SO | Summe |
|---|---|---|---|---|---|---|---|---|
| INSTAGRAM | | | | | | | | |
| TIKTOK | | | | | | | | |
| DISCORD | | | | | | | | |
| YOUTUBE | | | | | | | | |
| MAIL | | | | | | | | |
| WHATSAPP | | | | | | | | |
| SNAPCHAT | | | | | | | | |
| PINTEREST | | | | | | | | |
| HANDY GAMES | | | | | | | | |
| | | | | | | | | |

# Digital DETOX Challenge IDEEN

1 Wie lange schaffst du es, nicht aufs Handy zu blicken? Probiere es doch mal auf einer Party oder einem gemeinsamen Abend aus. Wer hält länger durch – du oder deine Freund*innen?

2 Schalte das Handy in den Flugmodus, wenn du Freund*innen besuchst oder in einem Café oder Restaurant bist. So kannst du dich ganz auf sie oder das Essen konzentrieren. Na, gelingt's?

3 Steinzeit. Verzichte einen ganzen Tag lang aufs Handy. Das ist echt schwieriger als gedacht.

4 Schau frühestens nach dem Frühstück aufs Handy und schalte es eine Stunde, bevor du zu Bett gehst, aus. Um nicht doch danach zu greifen, leg es einfach außerhalb deiner Reichweite ab.

5 Lege Zeiten fest, zu denen du auf die Apps schaust. Limitiere die Bildschirmzeit auf jeweils 10 Minuten. Und umgekehrt: Reserviere dir bildschirmfreie Zeiten, für Sport, Zeit im Freien oder zum Lesen. Das lädt die Akkus ganz schnell wieder auf.

Platz für eigene Ideen

6

7

8

9

10

WELCHER TYP BIST DU?

# SPONTAN ODER LIEBER MIT PLAN

MACH DEN Test!

### 1. DEIN ZUG VERSPÄTET SICH UM EINE HALBE STUNDE. WAS MACHST DU?

- Ich geh an den nächsten Kiosk und hole mir noch einen Kakao.
- Ich schaue ziemlich oft auf die Uhr und traue mich nicht von der Stelle.

### 2. DU HAST GEBURTSTAG UND EIN*E FREUND*IN ÜBERRASCHT DICH MIT EINER PARTY. WIE REAGIERST DU?

- Sehr cool! Ich liebe Überraschungen.
- Ach du Schreck! So viele Leute. Was mache ich denn jetzt bloß?

### 3. IN DER SCHULE SOLLST DU IN DREI WOCHEN EIN REFERAT HALTEN. WIE BEREITEST DU DICH VOR?

- Ich fange gleich an, Infos zu sammeln. Je mehr ich habe, desto besser.
- Ist ja noch Zeit. Ich warte auf die zündende Idee.

### 4. DU KOMMST IN EINE NEUE KLASSE. DORT KENNST DU NOCH NIEMANDEN. IST DAS FÜR DICH OKAY?

- Uff. Allein der Gedanke macht mich nervös. Ob die mich wohl mögen werden?
- Ja, klar. Das wird cool. Ich freue mich auf neue Gesichter.

### 5. AUF PARTYS ...

- ... sitzt du am liebsten mit deinen Freund*innen zusammen.
- ... lernst du gern neue Leute kennen.

### 6. DIR PASSIERT ETWAS PEINLICHES. WIE REAGIERST DU?

- Oh je. Hoffentlich hat das niemand gesehen. Schnell weg.
- Ich lache und hole mir so Sympathien.

### 7. DEIN ZIMMER IST ...

- Gemütliches Chaos. Du weißt immer, wo du etwas findest. Wenn auch nicht immer unbedingt sofort.
- Tippitoppi. Du hast dir ein System ausgedacht, mit dem du Ordnung schaffst und alles schnell zur Hand hast.

### 8. DU WIRST SPONTAN ZU EINEM KINOABEND EINGELADEN. WAS MACHST DU?

- Bin dabei, muss nur noch meinen Eltern Bescheid geben.
- Hm. Erst mal schauen, ob ich noch irgendwas Dringendes erledigen muss.

### 9. WIE STEHST DU ZU PÜNKTLICHKEIT?

- Plus/minus fünfzehn Minuten sind okay.
- Pünktlich zu sein, finde ich höflich. Ich komme so gut wie nie zu spät.

### 10. WENN DU VERREIST ...

- ... planst du gern im Voraus, um nichts zu vergessen.
- ... bist du eher spontan, denn alles, was du brauchst, bekommst du notfalls auch unterwegs.

## 11. DU LÄDST FREUND*INNEN ZUM GEBURTSTAG EIN. WIE FEIERST DU?

- *Wir machen spontan, worauf wir Lust haben, und bestellen später Pizza.*
- *Ich hab Kuchen und ein paar Spiele vorbereitet.*

## 12. HAST DU EINEN TERMINKALENDER ODER EIN BULLET-JOURNAL FÜR TERMINE?

- *Ja, aber ich vergesse trotzdem schon mal einen Termin.*
- *Ja, klar. So behalte ich den Überblick.*

## 13. WEIHNACHTEN ODER EIN ANDERES GROSSES FEST NAHT. WANN BESORGST DU DIE GESCHENKE?

- *Ich mache mir eine Liste. Sobald ich etwas Schönes und Passendes für meine Lieben entdecke, kaufe oder bastele ich es.*
- *Meistens kurz vor knapp. So hab ich die besten Ideen!*

## 14. DU BEKOMMST ÜBERRASCHEND BESUCH VON DEINEM SCHWARM. WAS MACHST DU?

- *Kommt auf die Vorwarnzeit an. Sind es mehr als fünf Minuten, räume ich schnell mein Zimmer auf und trage mein schönstes Lächeln. Sind es weniger als fünf Minuten, trage ich mein schönstes Lächeln, und wir gehen spazieren.*
- *Waaah! Um die Nervosität in den Griff zu bekommen, räume ich noch schnell auf. Dabei gehe ich in Gedanken schon mal durch, was ich zur Begrüßung sagen möchte.*

## 15. DU PLANST EIN BASTELPROJEKT ODER WILLST EINEN ROMAN SCHREIBEN. WIE GEHST DU VOR?

- *Ich mache mir Notizen und bereite alles in Stichworten vor, um einen Überblick zu haben.*
- *Ich schreibe oder bastele einfach drauflos. Was mir fehlt, hole ich mir dann, wenn ich es brauche.*

# Auflösung

FABELHAFTER *Flamingo:* Du behältst gern den Überblick und machst dir nichts aus Firlefanz. Das ist gut, denn so kannst du dich aufs Wesentliche konzentrieren. Du bist geradlinig, hilfsbereit und zuverlässig. Das schätzen andere an dir. Gönn dir ab und zu eine kleine Überraschung. Wenn der Stress zu groß wird, lass dir auch mal helfen und atme tief durch (siehe Yoga-Tipps auf Seite 200).

DAS ENTSPANNTE *Einhorn:* Du bist immer für eine Überraschung gut und liebst es, Neues zu entdecken. Andere lassen sich gern von deiner Abenteuerlust anstecken und schätzen deine warmherzige Offenheit. Ein bisschen Chaos ist okay, aber geh nicht darin unter. Wenn es zu stressig wird und du den Überblick verlierst, bring ein bisschen Struktur hinein. Ein Kalender oder Bullet-Journal können helfen.

TYPISCH FRANZÖSISCH!

# CRÊPES

Diese leckeren Pfannkuchen kann man süß oder herzhaft genießen. Und das Rezept ist ganz einfach, versprochen!

TIPP:
KOPIERE DIE FOLGENDE DOPPELSEITE UND TRAGE NACH LUST UND LAUNE DEINE LIEBLINGSREZEPTE EIN.

DU BRAUCHST:
2 EIER, 150 G MEHL, 250 ML MILCH, ETWAS SPRUDELWASSER, 1 PÄCKCHEN VANILLEZUCKER, 1 PRISE SALZ, BUTTER ZUM BACKEN

ZUTATEN ZU EINEM GLATTEN, DÜNNFLÜSSIGEN TEIG VERRÜHREN. MARGARINE ODER BUTTERSCHMALZ IN EINER KLEINEN PFANNE SCHMELZEN LASSEN. EINE KELLE TEIG IN DIE PFANNE GEBEN UND DEN CRÊPE AUSBACKEN. DAS GEHT GANZ FIX. MIT ZIMT UND ZUCKER, ETWAS ZITRONENSAFT, OBST ODER SCHOKOCREME GARNIEREN. ZUSAMMENROLLEN UND REINBEIẞEN.

*Guten Appetit!*

FEES TIPP:
FÜR VEGANE CRÊPES KANNST DU STATT DER EIER EINEN TEELÖFFEL BACKPULVER UND STATT KUHMILCH SOJAMILCH ODER MANDELMILCH VERWENDEN.

ERICS TIPP:
WENN DU DIE NASE MAL VOLL HAST VON DEM SÜßEN KRAM, EMPFEHLE ICH DIR GALETTES. DAS IST DIE HERZHAFTE VARIANTE AUS BUCHWEIZENMEHL UND SALZ. BELEGT MIT KÄSE, TOMATEN UND SPIEGELEI SCHMECKEN SIE TOTAL LECKER.

# REZEPT FÜR ..........................................

REZEPTNAME

FÜR ............PERSONEN

ZUBEREITUNGSZEIT ..................

GARZEIT ..............................

ZUM ERSTEN MAL PROBIERT WO

..........................................................................................

ERINNERUNG, DIE ICH MIT DEM REZEPT VERBINDE

..........................................................................................

..........................................................................................

..........................................................................................

## ZUTATEN

## Zubereitung

SERVIERBEISPIEL

(Platz zum Malen
oder für ein Foto)

FRANZÖSISCH AUF DIE SCHNELLE

# DIE WICHTIGSTEN SÄTZE FÜR DEN URLAUB

Am Anfang hatte ich echt Sorge, weil mein Französisch nicht so gut ist. Zum Glück sprachen im Camp alle Deutsch. Dennoch habe ich dir ein paar Sätze aufgelistet, die dir im Urlaub sicher weiterhelfen. Du wirst sehen, mit jedem Satz geht es leichter von der Zunge!

FEES TIPP:
OKAY, DIE FRANZÖSISCHE AUSSPRACHE IST ETWAS KNIFFELIG. MIT EINER WÖRTERBUCH-APP KANNST DU DIR WÖRTER VORSPRECHEN UND SÄTZE ÜBERSETZEN LASSEN. ÜBRIGENS: AUCH WENN ES ANFANGS VIELLEICHT UNGEWOHNT IST, DEIN GEGENÜBER WIRD SICH SEHR FREUEN, WENN DU ZUMINDEST VERSUCHST, EIN PAAR SÄTZE IN DER LANDESSPRACHE ZU SPRECHEN. NIEMAND NIMMT ES DIR ÜBEL ODER LACHT, WENN DU DICH MAL VERTUST, ETWAS FALSCH AUSSPRICHST ODER DIR DIE WÖRTER FEHLEN. ALSO TRAU DICH UND PROBIERE ES AUS. AUCH WENN'S NICHT PERFEKT IST. PERFEKT IST EH LANGWEILIG!

| | |
|---|---|
| **Guten Tag** | Bonjour |
| **Guten Abend** | Bonsoir |
| **Gute Nacht** | Bonne nuit |
| **Hallo/Tschüss** | Salut |
| **Ja/Nein** | Oui/Non |
| **Ich heiße … und du?** | Je m'appelle … et toi? |
| **Danke** | Merci (stärker: Merci beaucoup) |
| **Gern geschehen** | De rien. |
| **Ich verstehe nicht** | Je ne comprends pas. |
| **Sprichst du Deutsch oder Englisch?** | Tu parles allemand ou anglais? |
| **Wie viel kostet das?** | Ça fait combien? |
| **Die Rechnung, bitte.** | L'addition, s'il vous plaît. |
| **Ich möchte gerne ein Wasser.** | Je voudrais un verre d'eau, s'il vous plaît. |
| **Hilfe!** | Au secours! |
| **Entschuldigung, wo ist …?** | Pardon, où est …? |
| **Woher kommst du?** | Tu viens d'où? |
| **Gehen Sie weg!** | Partez! |
| **Hören Sie auf!** | Arrêtez! |
| **Ich mag dich.** | Tu me plais. Oder: Je t'apprécie. |
| **Ich liebe dich.** | Je t'aime. |
| **Eins, zwei, drei, vier, fünf, sechs, sieben, acht, neun, zehn** | Un, deux, trois, quatre, cinq, six, sept, huit, neuf, dix |
| **Hundert** | Cent |
| **Tausend** | Mille |

### WORK AND TRAVEL, SPRACHFERIEN UND MEHR –

# ENTDECKE DEINE GLOBETROTTER-MÖGLICHKEITEN

Kennst du das Gefühl, dass dir ein Meer von Möglichkeiten zu Füßen liegt? Das ist einfach herrlich. Vielleicht hast du deine Landkarte der Träume vor dir und weißt schon genau, wohin du das nächste Mal gerne reisen möchtest. Vielleicht bist du aber auch unsicher oder möchtest aufregende Ferienerlebnisse mit einem Projekt koppeln?
Dann helfen dir folgende Fragen weiter.

**MÖCHTEST DU DICH FÜR BESTIMMTE PROJEKTE EINSETZEN, ZUM BEISPIEL IM UMWELTSCHUTZ, MIT KINDERN ODER TIEREN?**

*Beim NABU, dem WWF und bei anderen Organisationen könntest du fündig werden. Dort werden immer gezielt für einzelne Projekte Unterstützer*innen gesucht, und auch die Sommercamps sind einen Blick wert.*

**MÖCHTEST DU RICHTIG TIEF EINTAUCHEN UND AUF DIESE WEISE FREMDE KULTUREN KENNENLERNEN?**

*Dann ist der Aufenthalt bei einer Gastfamilie, eine Sprachreise oder ein Au-pair-Jahr für dich womöglich interessant. Schau nach Anbietern für Sprachreisen und Au-pair-Aufenthalte.*

**ODER WILLST DU LIEBER EIN PROJEKT IN DEUTSCHLAND BEGLEITEN, ZWAR EIN STÜCKCHEN WEG VON ZU HAUSE, ABER EBEN NICHT ZU WEIT?**

*Auch hier sind der NABU oder Sprachferien im Inland eine gute Wahl.*

**DU WILLST ODER KANNST NICHT VERREISEN UND MÖCHTEST TROTZDEM ETWAS NEUES IN DEN FERIEN ERLEBEN?**

*Dann erkundige dich doch mal bei Naturschutzorganisationen oder Vereinen bei dir vor Ort nach Angeboten. Vielleicht entdeckst du ja ein neues Hobby oder eine neue Sprache und findest dabei auch gleich neue Freund*innen.*

**ES GIBT VERSCHIEDENE ANBIETER VON SCHÜLERREISEN, DIE KURZE AUFENTHALTE BIS HIN ZU EINEM AUSLANDSJAHR ORGANISIEREN. AUCH EIN FREIWILLIGES SOZIALES ODER KULTURELLES JAHR KANNST DU IM AUSLAND ABSOLVIEREN.**

*Tipp: Frag in deinem Freund*innen- und Bekanntenkreis nach und lies dir die Bewertungen durch. Bei einem längeren Aufenthalt solltest du auf jeden Fall einen Kontakt des Anbieters vor Ort haben, damit man dir bei Problemen schnell und unkompliziert helfen kann.*

**EINE SCHÖNE MÖGLICHKEIT, DICH ÖKOLOGISCH EINZUBRINGEN UND HERUMZUKOMMEN, IST AUCH »WWOOFING«.**

*wwoof.net – dort findest du weltweit die Möglichkeit, dich auf Farmen, Biohöfen und in Projekten einzubringen. Auch in deiner Nähe! Frei nach dem Motto: »Lebe und lerne auf ökologischen Höfen.«*

**FÜR FREIWILLIGENARBEIT AN ALLEN MÖGLICHEN ORTEN DER WELT GIBT ES ZUDEM UNTERSCHIEDLICHE ORGANISATIONEN.**

*Zum Beispiel: aifs.de, projects-abroad.de oder freiwilligenarbeit.de.*

**WENN DU MIT DER BAHN UNTERWEGS BIST, IST INTERRAIL EIN GUTER TIPP.**

*Damit kannst du kostengünstig ganz Europa entdecken.*

**DU WILLST DIE WELT ERKUNDEN, EVENTUELL SOGAR AUF EINEN ANDEREN KONTINENT REISEN?**

*Wenn du schon volljährig bist, ist Work and Travel eine gute Möglichkeit, um die Welt zu erkunden und dich gleichzeitig einzubringen. Du hast die Möglichkeit, deine Reise selbst zu organisieren, oder du wendest dich an eine Organisation. Das hat den Vorteil, dass dir Ansprechpartner*innen mit Rat und Tat zur Seite stehen. Im Internet findest du viele Blogs zu dem Thema.*

GANZ EGAL, FÜR WAS DU DICH ENTSCHEIDEST, OB SPRACHREISE, PROJEKTREISE, AU-PAIR-JAHR, AUSLANDSAUFENTHALT ODER EINFACH NUR FERIEN. GANZ EGAL, OB INLAND ODER AUSLAND, ZU HAUSE ODER WEIT WEG – JEDEN TAG KANNST DU VIELE SCHÖNE IMPULSE UND IDEEN SAMMELN UND KONTAKTE KNÜPFEN. DABEI WÜNSCHE ICH DIR VIEL SPAß!

Deine Fee

# LÖSUNGEN

## KREUZWORTRÄTSEL

*Hast du alle Wörter gefunden und die Rätselnuss geknackt? Schau hier nach, ob du richtigliegst.*

*1. Paris / 2. Hering / 3. Sterne / 4. Lagerfeuer / 5. Smores / 6. Mücke / 7. Besserwisser / 8. Liebe / 9. Zelt / 10. Wasser / 11. Kanu / 12. Salut / 13. Träumen / 14. Schmelzen / 15. Sommer / 16. Freunde / 17. Kompass / 18. Erinnerung / 19. Natur / 20. Vogel*

*Lösungswort: Wundervoll*

## SCHMUNZELFAKTEN

*Folgende Aussagen sind falsch:*

*»In Frankreich darf man sein Schwein Napoleon nennen.« – Falsch!*

*»In Japan verraten Papierkörbe, in welchem Kiez man sich gerade befindet.« – Falsch, tatsächlich sind es Laternenmasten.*

*»Handzeichen sind die einfachste Art der Verständigung« – Nein, Daumen hoch bedeutet in Australien und Griechenland z. B. eine Beleidigung, die offene Handfläche beim Zeigen der Zahl 5 in Griechenland und das O-Zeichen für alles in Ordnung ist in Frankreich und Belgien ein Zeichen der Abwertung.*

*»Auf Island gibt es keine Elfenbeauftragten.« – Falsch!*

*»In England wird man bestraft, wenn man eine Briefmarke mit dem Abbild der Queen bzw. des Kings verkehrtherum aufklebt.« – Falsch!*

*Alle anderen Aussagen sind korrekt.*

**CORINNA WIEJA** schreibt, übersetzt und liest am liebsten spannende Gute-Laune-Geschichten. Sie mag duftenden Lavendel, knisterndes Lagerfeuer, das Rauschen des Meeres, Crêpes mit Zartbitterschokolade und hat einen ebenso katastrophalen Orientierungssinn wie ihre Buchheldin Fee.

Mit Ihrer Familie, zwei Katzen und Holzritter Kunibert lebt sie in der Nähe von Frankfurt am Main. Weitere Informationen, Malvorlagen und mehr: www.corinna-wieja.de

**LAURA ROSENDORFER** lebt mit ihrem Mann und den beiden Töchtern in einem kleinen blauen Haus bei München. Nach einem Abstecher in die Amerikanische Literaturgeschichte studierte sie Kommunikationsdesign.

Seit 2015 ist sie freie Illustratorin für verschiedene Unternehmen und Verlage. Wenn der Trubel zu groß und der Computerbildschirm zu hell wird, flüchtet sie nach draußen zu den Blumenbeeten. Da sitzt sie dann am liebsten mittendrin und zeichnet.

PLATZ für NOTIZEN

PLATZ für DOODLES